登場人物紹介
Characters
ウキラ
ライホー

イヨ
登場人物紹介
Characters

キコ
アケフ

――えっ？　こんなもんなん？
ゴブリンは何事もなかったかのように
接近してくると、棍棒を振りかざす。
俺はすんでのところで
棍棒による初撃を盾で受けた。

元オッサン、チープな魔法でしぶとく生き残る 1
～大人の知恵で異世界を謳歌する～

頼北佳史 Raiho Yoshifumi / イラスト：へいろー

目次 Contents

第一章　痴愚神礼賛

齢《よわい》五十にして死の床にいた。

悲壮感漂う面持ちで妻子が見守る中、徐々に遠退《とおの》く意識をかろうじて保ち続ける。

これはもうダメだな……何もない人生だった。夢も、希望も、目的も――。

けれど息子は俺より優秀に育った。

後世に、より優れた種を残す――言ってしまえばそれが生物としての究極的な使命。

人として……ではなく、利己的な遺伝子に支配された一生命体として最低限の役割は果たせたようだ――と、俺は妙な感慨に浸っていた。

息子は東京で一人暮らし。すでに手はかからない。悠々自適のキャンパスライフを送っている。

それなりの貯蓄と生命保険。それに加えて共働きの妻。俺が死んでも金銭的な苦労はないだろう。

もうしばらく息子の成長を見守りたかった――そんな思いは残るが、もはや詮無《せんな》いことだ。

膵臓癌《すいぞうがん》ってマジで見つかりにくかったんだな……。

黄疸《おうだん》に気付き慌てて検査したときはすでに末期。手の施しようがなかった。

混濁しつつある意識の中、俺は緩々《ゆるゆる》と顔を傾け息子に視線を送る。

いよいよ臨終のとき。

最後の言葉を残さなくては。

息子がまだ中学生のころ、笑い話で約束したんだ。今際《いまわ》の際《きわ》、父さん最期の言葉はコレだ――と。

「公実《きみざね》……」

自分自身驚くほどの嗄《しわが》れた声。

慌てて顔を寄せる息子の目をしっかりと見据え、俺は息も絶え絶えに言《こと》の葉《は》に乗せた。


「ヘメ■……ペカ、ペカ」


力なく絞り出された謎の言葉と共に、俺の生命の灯《ともしび》は今まさに尽きんとしていた。

困惑する妻。彼女には俺の言葉の意味が分からないのだ。

そこに一拍遅れて息子の乾いた笑い声と呟《つぶや》き。

「最期の言葉はそれだって、たしかに言ってたけどさ。マジかよ……オヤジ。人生の最期くらいもっと真面目にしろよ。はぁ、オフクロに説明すんのメンドイわ……」

そんな息子のボヤキが、俺がこの世で聞いた最期の言葉となった。

俺の臨終の言葉には何の意味もない。息子にはそれを説明してもらわなければならない。

スマンな、公実。父さんはこれで逝くよ……。

頼北佳史。それが俺の名だ。

この珍しい氏は「らいほう」と読む。名のほうは「よしふみ」。至って平凡。

故に俺はこれまでの人生、名で呼ばれた記憶がない。

職場の同僚も数少ない友人も、皆が俺を「ライホー」と呼んだ。

幼きころより俺は人生に意味が持てなかった。夢も、希望も、目的も、ない。ただただ日々を生きる。それもなるべく楽をして――ただそれだけであった。

だが、幸いにもそこそこの頭脳とそこそこの容姿に恵まれた俺は、就職氷河期の時代にあってもそこそこの仕事にありつき、そこそこの女性とも付き合ってきた。

そんな俺の一番の趣味はゲーム。それも育成系を特に好物とした。

競走馬、プリンセス、モンスター、果てはＲＰＧのキャラに至るまで、俺は様々なものを高いレベルに育て上げてきた。

しかし仕事では万年一兵卒。育成する側には立てない。


千里の馬は常に有れども、伯楽《はくらく》は常には有らず……か。

でも「千里の馬」になって出世しなきゃ、「伯楽」にはなれないんだよねぇ。


いくら「伯楽」として名馬を育てる才を持って生まれても、そもそも「十里すら走りたくない馬」は「伯楽」の地位にまで昇ることはできない。それが韓愈《かんゆ》の時代とは異なり、生まれながらの貴族特権が存在しない現代日本における残酷な真理であった。

そんなことを考えながら、休日は黙々と育成ゲーやＲＰＧのレベル上げに励む日々。

「私とゲーム、どっちが大事なの？」

「そりゃ女性の中では君が一番だけれど、女性とゲームなら——ゲームかな？」

そんな俺に愛想を尽かし去っていった女性もいたが、それでも俺は人並みに結婚した。

なにせ、当時の不景気な世相だ。そこそこの頭脳とそこそこの容姿、そしてそこそこの仕事に就いていれば、女優並みの美人だとか、いいトコのお嬢様だとか、そんな高望みさえしなければ俺のような男にもそれは無理ゲーではなかった。

そして結婚して三年。俺は人の親となった。

そのとき俺は思った。そうだ！　この子を育成しよう——と。

息子の資質や気質を的確に見抜き、実際に自己資金を投入しての、セーブもロードもリセットもなしの一発ゲー。

そこにシビれる！　あこがれるゥ！

それは俺の育成ゲーマーとしてのプライドを懸けた戦いの始まりであった。

目指したい未来——その方向を息子自身が定めたとき、彼により多くの選択肢を用意する。それがこの子育て《ゲーム》における俺の最終目的《クリア条件》。

言葉にすれば思った以上にまともな教育方針である。

が、俺にすれば、進むべき方向性が分からないまま育成しなければならない、先の見えない縛りゲーであった。

スポーツ選手を、ピアニストを、アーティストを、そしてプリンセスを――。

明確な目的があればかえって育てやすいが、先行きはすべて息子任せ。

そんな鬼縛りの中でどこまで能《あた》うか――俺の心中は久方振りに闘志で漲《みなぎ》っていた。

この縛りゲーをクリアするためには、各種能力を幅広く鍛えつつ息子の心情を正確に見極め、適切なタイミングで絞り込んで研ぎ澄ます必要がある。

俺は今まで以上に仕事の時間を削り、子育て《ゲーム》にのめり込んだ。

イクメンという言葉《魔法の呪文》などまだ存在しなかった時代――。

同僚男性の妬《ねた》みや嫉《そね》み、職場での出世などには目もくれず、俺は妻よりも長期の育休を取得して事に当たった。

息子が学校に入学後も、教師や塾講師との面談には有休を取得して臨み、彼らとの良好な関係構築に腐心した。運動会や文化祭などの学校行事も皆勤。休日には家族揃って科学館や博物館を巡るなど、多様な体験の機会をつくった。

俺は順調に成長していく息子を見守ることが楽しくて仕方がなかった。

そして十八年……。

俺には「伯楽」たる才があった。

そして息子には「千里の馬」たる才があった。

息子は、彼自身が高校生のとき目標として定めた日本最高峰の大学《とうきょうだいがく》に現役で合格した。

……負けてない。韓愈にだってオレは負けてないぞ！　オレは間違ってはいなかった。

そのとき俺は某ゴリラのセリフを頭に浮かべて感慨に浸っていた。


その日から約一年。俺が死を迎えたのは間違いない。

しかし俺は再び目覚めた。

「やれやれ、また闖入者《ちんにゅうしゃ》か……」

横たわったままの俺を見下ろす謎の生命体から中性的な声が発せられた。

人のような姿形をしているが、輪郭も目鼻立ちも朧《おぼろ》げ。衣服を着ているか否《いな》かすら定かではない。

「アンタは？　……俺は？」

「私は管理者。そしてあなたは私が住まう領域に至り、死を回避した者」

起き上がりながら訊《たず》ねる俺に、謎の生命体は不可解な言葉を返した。

「管理者？　死を回避？」

俺は混乱した。それはそうだろう。

死んだと思ったら、いつの間にか生き返っていた――何を言ってるのか分からないと思うが、俺も何がどうなっているのか分からなかった。

加えて、このよく分からない管理者なる生命体と謎の空間。

二十五mプールほどの半透明の平板が宇宙空間に浮いていた。平板の周囲はゆらゆらと揺蕩《たゆた》い、その揺蕩った歪《ゆが》みの狭間《はざま》に地球と思《おぼ》しき星や見たこともない星々が浮いていた。

「少し落ち着いて。一つずつ話しましょうか。まず管理者とは言葉のとおりこの星々を管理する者。そしてここは管理者である私が住まう場所」

「神……？」

「あなたの認識ではその言葉が一番近いでしょう。が、厳密には違います。我々は星々を生み出し、その仕様を定め、あとは眺めるだけ」

「眺めるだけ……手出しはしない？　それとも、できないってことですか？」

超常的な相手を前に、俺は言葉遣いをビジネスモードに改めた。同時に、朦朧《もうろう》としていた思考も徐々に覚醒してきた。

「そう、しません。できることもありますが極力しません。観察が目的なので。そしてあなたがいた星も私が生み出した最新の実験星」

「地球が？　……実験って？」

「星を生み出す際に魔素を取り除いてみました。あぁ、魔素とはあなたの認識で言うところの魔法の素となる物質のことです」

「はぁ、魔素……ですか。で、その魔素ってのを除いた結果どうなったんです？」

「科学が進歩しました」

「へ？」

「科学ですよ科学。それは分かるでしょう？」

そりゃまぁ、科学は分かるけれど……逆にその魔素ってのがあると科学は進歩しないのか？

そんな俺の心を見透かすように、管理者とやらは続ける。

「魔素を利用して発動する魔法。それがないことであなた達の先人は苦労したのでしょう。そのため、その代替として科学が進歩しました」

をぅ、コイツこっちの心が読めんのか？　まぁ神みたいなもんだから、読めても不思議じゃないんだが……にしても、魔法なんてもんがマジであるんか？

「魔法ってのは、私が思ってるようなものですか？」

「おおむねあなたの星の平均的な認識で言うところの魔法で間違いありません」

しかし科学がなきゃないで不便そうだな。ほかの星はどんな生活レベルなんだよ？

「ちなみに私が管理している星は、あなたの星で言うところの中世レベルの生活水準です」

やっぱ心を読まれているな……と思いつつも、そこには触れず俺は訊《き》く。

「すると今後あなたが生み出す星は、魔素をなくして科学の進歩を促す方向で？」

なにげに地球が零《ぜろ》号機だった件について。

「いえ。戦争の大規模化や過剰な人口増加、気候変動などで星自体が滅亡の危機に瀕《ひん》する可能性が高まりますので、私はもう魔素のない星は生み出しません」

たしかに中世レベルの文明で留《とど》まるならば、その星の知的生命体も星自体を滅ぼすほどの影響力は行使し得ないか……。

そんなことよりも俺はなぜこんなところに？　たしか死んだはずだよね？

「さて、そろそろあなたの話に移りましょうか」

しれっと言う管理者を俺は胡乱《うろん》げに見詰める。

心を読んでるのはもう確定だろ！　と思いつつも、俺はあくまでも大人の対応に徹し、静かに管理者に訊いた。

「ですね。ではお訊ねしますが、私はなぜ生きているのです？　そしてなぜこんなところに？　たしか地球で死んだはずですが……」

「ヘメ■・ペカ・ペカ」

「うん？」

「あなた、臨終に際してそう言いましたよね？」

「へ？」

……思い出してきた。たしかにそうだ。

息子がまだ俺の悪ふざけを一緒になって面白がってくれていたころ約束したんだ。某漫画のふざけた女性キャラが「何の意味もない言葉」として死に際に残したセリフ。父さんも死ぬときにそれ言うから、あとはよろしく……って。

「言った……たしかに。ヘメ■・ペカ・ペカって」

「そのせいです」

は？　何言っちゃってるの？　この人……じゃない、この管理者は。


その先は話せば長くなるのだが、結論から言うと俺は惑星ナンバー四に転移することになった。

そこはあの謎多き管理者が四番目に生み出した星だという。

まぁ、生み出すといっても、粘土細工よろしく捏《こ》ね繰《く》り回して創るわけではない。宇宙空間の塵《ちり》芥《あくた》をうまーく集めて――と、細かいことは省くが、基本はほかの星々ができる過程と同じだ。

ただ、管理者は生み出す場所や大きさ、地軸の傾きなどを自由に設定できるようだ。そして彼ら？　彼女ら？　は生み出した星々を観察し、様々なデータを取っているんだとか。

その目的を訊ねた俺に管理者は、羽虫如《ごと》きが知る必要はない……そんな意味合いのことを、十分の一くらいやんわりとした表現に変えて答えてくれた。

その管理者曰《いわ》く、基本、人は死んでも転生だの転移だのはしないそうだ。

肉体は星の土へと還《かえ》り、魂は消え失《う》せる。ただそれだけである。

故に転生や転移も、ましてや天国や地獄なんてものも存在しない。ってか、さっき消え失せると言ったばかりだが、厳密には魂なんてものもない。管理者にとってそれは、生命体の脳内を巡る電気信号の集合体を指す言葉に過ぎないらしい。

ただし、地球で命と引き換えにあの呪文を唱えた者だけは例外なのだという。

管理者は稀《まれ》に自身が創造した星々を訪れては多少の干渉をするのだが、訪問先から再びあの謎の空間へ戻るための魔法があるんだそうだ。

しかし、そもそも魔素がない地球では魔法が使えない。そこで管理者は、自分が憑依《ひょうい》した生命体の命を魔素代わりに、あの空間へ戻るための新たな魔法を開発した。

もうお分かりかと思うが、その呪文が「ヘメ■、ペカ、ペカ」なんだそうだ。通常は魔法の行使に際し、呪文は不要とのことだが、魔素が存在しない特殊条件下とあって、どうしても発動のための呪文が必要になったらしい。

ちなみに管理者であれば今際の際でなくとも、強制的に命を憑代《よりしろ》として呪文を唱え、あの空間へ戻ることができるようだが、そのような荒業は一般人にはできない。しかし魔法の組成上、一般人であっても死の直前にその呪文を唱えると、あの空間に召喚されてしまうのだという。

管理者は俺にこう宣《のたま》った。

「まさか今際の際にあんな言葉を口にする愚か者が存在するとは……人生最期の言葉なんですよ？　もっと意味ある言葉を残してくださいよ！」

管理者、激おこであった。

そして彼？　彼女？　は力なく付け加えた。

「あなたで二人目です……」

そういや、俺が蘇生したとき「また闖入者か……」とかなんとか言っていたな。

管理者は地球上の知的生命体が今際の際には絶対に言わないよね？　って言葉を必死でセレクトしたようだが、俺はまさかの二人目であった。

およそ百年前、科学技術の急速な進展に伴う星の危機を察知した管理者は、一度地球に降り立つことを決意した。そして魔素のない地球から帰還するための魔法を開発し、その呪文を定めた。人類が決して使わないであろう奇抜な言葉がよい。特に死に際しては絶対に言わないような言葉。加えて、地球上で最も難解そうな日本語にしよう――。

そのとき管理者は気紛《きまぐ》れにそう考えたそうだ。

「そもそも地球上の言語にしなければよかったのでは？」

俺はそう訊ねたが、絶対に使われないであろう言葉にすれば問題はないと判断したようだ。

しかしその思惑は三十年前に破られた。

「三十年前は絶対にない！」

俺は思わずタメ口で叫んでいた。

「海●紀の最終回はそんなに前じゃないでしょ！　ってか、そもそもあれって日本語？」

管理者が言うには、どうやら百年前に定めたときは「ヘメ■・ペカ・ペカ」ではなかったんだそうだ。前の呪文が唱えられたとき管理者は本気で反省し、二度と唱えられることのないよう「ヘメ■・ペカ・ペカ」に変更したらしい。

しかし、まさかそれすらも唱えられる日がくるとは思ってもみなかった……とのことである。

「ちなみに百年前に定めた呪文って何だったんですか？」

すると管理者は苦悶《くもん》の表情を浮かべ、絞り出すように答えた。

『ジャムではなくママレードでもなく蜂蜜で』――そう呟いたのち、管理者は悄然《しょうぜん》として言葉を継ぐ。

「偶然とは本当に恐ろしいものですね。まさか私が定めたあの呪文が、のちの世に物語で使われることになろうとは……」

「…………」

しばしの沈黙の後、俺は盛大に噴いた。

「ダッハハハッ！　マジかよ!?　アンタ、地球からトールハンマーでも撃ちたかったの？」

俺はわずかばかりの冷静さを完全に喪失し、星々の管理者に対して随分な口をきいてしまった。

ひとしきり笑いに笑った俺は、若干冷や汗らしきものを背に感じながら改めて管理者に訊ねる。

「コホンッ、大変失礼しました。それにしてもほかに案はなかったのでしょうか？」

「セキュリティ性をより高めるため、冒頭に『■シアンティーを一杯』という文言を加えるかどうかは悩みましたが……」

「それでも多分、破られていたと思います……」

最初の印象と比較すると若干残念なポンコツ臭を纏《まと》いだした管理者であったが、俺は改めて口調を整えて訊ねる。

「ところで私はこれからどうすればよいのでしょう？」

「私が管理するほかの星にでも転移していただけると……ここに居られても困りますので」

あからさまな邪魔者扱い！

「それを拒むとどうなるのでしょう？」

「困ります」

うん？　困るのは分かるけどさ……まぁ、邪魔者だから問答無用で抹殺――とかされないのは救いではある。それが管理者としての矜持《きょうじ》からくるものなのか、それとも何かしらの制約があるためなのかまでは怖くて訊けないが……。

しかし俺としてもいつまでもこんな何もない空間に居続けても仕方がない。が、その前にどうしても確認しなければならないことがある。

「あの……地球に戻ることは叶《かな》いませんか？」

「ちきゅ……あぁ、あの十三番の。でもあそこの文明はもうすぐ滅びますよ」

さらっと怖いこと言った。この人……じゃない、管理者。

「もうすぐって？」

「私の見込みではあと数百年ほどですかね」

さすがは管理者。時間の感覚がパネェ。

だがそれだけあれば、残された妻子には充分だ。

「なら、できれば地球に……」

「いや、それがその……ここで肉体を再構築して転移させることは可能なのですが、私には人々の記憶の改竄《かいざん》はできないので」

なんだよ、記憶の改竄はできないのか。

「たしかに死んだ人間が生き返れば大騒ぎですね」

「大騒ぎ程度で済めばいいですが、多分国家により丁重に軟禁されて被験体として残りの人生を終えることになるんじゃないですか？　別人として転移するにしても、住民登録制度がしっかりとしている先進的な国々は難しいですね。あなたの国はそれに加えて戸籍なんて厄介な制度までありますから。どこか後進的な独裁国家みたいなところならば、なんとかできますけど……」

いや、それはお断りです！

「では、日本国内に生まれ変わることは？」

せめてもと思い、俺は転生を希望した。

「転生はさせません！　よく考えてみてくださいよ。我が子が五十歳のオッサンの記憶持ちだったら両親が可哀想《かわいそう》でしょ！」

おっ、おぅ。まぁ、俺だって息子がそうだったら絶対にイヤだからその気持ちは分からんでもないが、突然そんなキリッ！　って感じで強く言われてもなぁ。

つーか、使えねーな、コイツ。神みたいな立ち位置なのに何もできねーじゃん。ポンコツ神確定だな……と思ったところで、管理者から悲しげなオーラが漂ってきた。

ヤベッ、そういやコイツ、心読めたんだったな。

あっ、コイツなんて呼んじゃったよ、コイツのこと。ってか、またコイツって……。

「……ですので、話を戻しますが、私が管理するほかの星に転移を。中世レベルの文明ですので住民登録とかはどうにでもなりますし」

「いや、逆に中世レベルだからこそ、五十にもなったオッサンが何の後ろ盾もなく放り出されても、生きていく自信がないんですが……」

何事もなかったかのように語り出す管理者とそれに応える俺。

さすがは、片や永きに亘《わた》ってこの世に存在し続けている謎の生命体、片や半世紀にも亘って世間の荒波に揉《も》まれ続けてきたオッサン。痩せても枯れても大人同士である。心中の悪口など何事もなかったかのように、お互い華麗にスルーして会話は進む。

「若返りは可能です。あと、基本言語と生活魔法は使えるようにしますので、最低限の生活はなんとかなるかと」

詳しく訊いたところ、肉体はこの空間で再構築して転移させるので、若返る年齢や容姿などは自由に設定が可能。ただし、体力や筋力等の能力は現地のバランスを崩さないよう、常識的な範囲にとどめたいとのことだ。

そして転移先となる惑星ナンバー四の陸地は、超大陸が一つと周囲を取り巻く島々だけ。太古の地球のパンゲア状態である。

故に言語もさほど分化しておらず、基本言語とその派生言語が五つほど。その派生言語にしてもそれほど基本言語と変わりはないようで、基本言語ができればどこであってもおおむね会話には困らないらしい。

んで、生活魔法ってのは、人属と亜人属（いるらしい！）ならば、極端に魔力と知力が低いごく一部の者を除き、幼少期を終えるまでには自然に習得する魔法とのことだ。

火を熾《おこ》したい、水を飲みたい、明かりを灯《とも》したい、身体を清らかに保ちたい——そんな願望を強く抱き、実際に大人達が魔法を行使する姿を見ているうちに数年間かけて徐々に発現するんだとか。

さすがは魔素とやらが存在する星だ。

「それと、あちらの社会にあまり大きな影響を与えないよう、流れの冒険者として転移してもらいますのでそのつもりで」

「冒険者？」

「そうです。危険な魔物を狩ったり、稀少《きしょう》な植物を採取したりする、言わば何でも屋です」

「……それは危険な職業なのでは？」

「一攫千金《いっかくせんきん》の夢はありますが、あちらの世界の一般的な認識では、どこからともなく湧いてきて、いずこかで野垂れ死ぬゴブリンのような存在です。転移の設定としてはもってこいですね」

なんだよ、その雑な扱い！

まさかコイツ、さっき「ポンコツ神」とか「使えねー」とか思ったことを恨んでるのか？

いや落ち着け、俺。魔法があるんだ。なんとかなるはず……ってか、俺は魔法を使えるのか？

絶対に使いたいぞ。せっかく魔法がある世界に行くんだからな。

そんなことを思っていると、やはり何事もなかったかのように管理者が俺に語りかける。

「あと、身体能力を平均程度にとどめる代わりといってはなんですが、生活魔法以外に二つまでなら魔法を使えるようにしますよ」

やった！　使えるんだ！

だがここで簡単に飛びつくわけにはいかない。向こうでの生活が懸かっているのだから。

魔法二つが多いのか少ないのか分からない以上、ここは冷静に大人のネゴシエイトをしなければ。

「ちなみにあちらの世界の方々はどの程度魔法を使えるのでしょう？」

「普通の人は生活魔法だけです。ほかに一つ使えれば優秀、二つで特別、三つなら天才といったところでしょう。無論、魔法の練度は様々ですが……」

あぁっ神さまっ！　さっきは「ポンコツ神」なんて思ってごめんなさい。


まさかのパンゲアだった。

いや、惑星ナンバー四の超大陸の名前ね。

そんなこんなで俺は、魔法二つと武器防具、最低限の日用品と携行食、そしてそれなりの額の金銭を授かり、二十歳の身体と共にパンゲア超大陸に転移することになった。

身体が軽い。まるでゴミ……じゃねぇ、羽根のようだ！

ハタチの身体ってこんなキレッキレだったんだ……三十年振りだから忘れていたよ。

管理者は、何歳にでも……ということだったので、もっと若くすることはできた。

しかし独りで転移するのだから、あまり幼すぎても周囲に舐《な》められてしまうし、成長期はいろいろと厄介だ。細かいことだが防具や衣服のサイズのこととかもある。

そこで俺はある程度身体が完成し、そのうえで最も若そうな年頃である二十歳にしてもらった。

加えて、あのポンコ……いや、管理者様は、俺に二つの魔法のほかに自分や他人のステータスを見る力も授けてくれた。

これは現地人が誰も持っていない特殊な能力で、管理者もイマイチその重要性に気付いていないようだが、俺が新たな身体の体力や筋力等を決めるにあたり、数値で可視化してくれるとやりやすいと要望したら、いとも容易《たやす》く叶えてくれたのだ。

さすがは神。強大な力を持つ割に、下々の事情には疎くていらっしゃり、とてもありがたい《御しやすい》。

この能力は、例えば筋力であれば、体幹、手足、その他諸々《もろもろ》の体中の筋肉量を総合的に数値化して表すものだ。なので仮に同じ値の人間であっても人によって筋肉の付き方は異なり、例えば上半身のほうが強い人や下半身のほうが強い人がいたりする。

なお、俺の場合は、バランス型に調整してくれるとのこと。

そしてその仕組み的に当然のことだが、鍛えれば数値は上昇し、サボれば下降する。一度上昇した数値は一生下がらない――なんて都合のいいことはないらしい。

なんか俺の考えていたステータス制とはちょっと違って残念なんだが……。

それと、あくまでも現時点での筋力を数値化して表す仕組みでしかないので、レベルアップだとかの謎仕様で数値が上昇したりもしないらしい。

ってか、レベルなんて制度は端《はな》からない。何それ？　美味《おい》しいの？　ってやつだ。

それでも自分や他人のステータスが分かることには大きなアドバンテージがある。ある意味では魔法二つよりも価値が高いくらいだ。

俺はそこでふと思った。怪我《けが》したとき数値はどうなるの？　二日酔いでダルいときは？　腰が痛いときは？　云々《うんぬん》とオッサンぽいことを。

そうしたら、思っただけなのに管理者は答えてくれた。

「基本数値のほかに状態異常などに伴い増減した数値も分かるようにしましょうか？」

マジか！　それ遠慮なくいただきます。

次に俺は「ところで能力値ってどうやって設定するんですか？」と訊ねつつ、心の中で願う。

合計ポイントを自由に振り分ける方向で――と。

「そうですね。合計ポイントを体力、魔力、筋力、敏捷《びんしょう》、知力の五項目に振り分ける方向で……ですよねぇ。

ニマニマとする俺に管理者は慌てて条件を追加した。

「ただし、極振《きょくふ》りは禁止です！　具体的な条件はのちほど」

ちっ、気付いたか。まぁいい。次は合計ポイントの交渉だ――と思ったところで、管理者が宣う。

「それと合計ポイントですが、冒険者登録している成人男性の平均が40くらいなので、少しおまけして45ポイントで」

「ちなみに一般人や兵士、貴族や王族とかの平均はどのくらいなんですか？」

「一般人は30くらい、兵士は冒険者と同じ40くらいですね。王侯貴族は数も少なく個体差が激しいのであまり参考にはならないでしょう」

ふむ、多少は色をつけてくれたみたいだけれど、もう一声欲しい。切りがいいところで50ポイントとか。

「でもこれって老人も含めた平均値ですよね？　老化で数値は低下するんだから、二十歳ならもう少しポイント貰《もら》えませんか？」

俺がそう詰めたところ、管理者は言った。

「ほとんどの冒険者は長生きなんてできませんから、平均値にはあまり影響しませんよ」

……嬉《うれ》しいような、嬉しくないような回答だった。

まぁ一般人の平均が30ポイントのところ、冒険者平均が40で俺が45ならいいところか。

「では実際の振り分けはどのように？」

そう訊ねたところ、突然目の前にブンッ！　と半透明な画面が現れた。

いわゆるゲーム画面でのステータス振り分けと同じようだ。

「あちらに転移してからも、ステータスを見たいと念じればその画面が現れます」

ノーモーション、ノースペルはありがたい……が、これは確認しておかなければなるまい。

「この画面は他人からは？」

「見えません。見えるのはあなただけですよ」

「では、私が他人のステータスを見るにはどうすれば？」

「相手を視認しながら念じれば見られますよ。ちなみに魔物のステータスも見られますので」

ほうほう、相手を目視することがステータスを見る条件か。ってか、魔物のステータスも見られるのは当然の仕様だろ。そんなドヤるようなことかよ？

心中でそう毒づいた俺は、早速管理者のステータスを見てみようと念じたのだが、ステータス画面はうんともすんとも言わない。

うん？　ステータスが見られないぞ？　もう故障したのか？　やっぱポンコツだな……。

「ああ、そうそう、他者のステータスを見るためには相手の力に応じた魔力を消費します。また、能力差がありすぎる相手のステータスは見ることすらできませんよ」

あっそ。この世界って妙にそこら辺がリアルなんだよねぇ。まぁゲームじゃねーんだから当然か。

そう納得することにした俺は、嬉々《きき》としてポイント配分の作業に移ったのだった。


令和X年、西暦弐阡弐拾《にせんにじゅう》X年、回教暦は……ggrks《各自お調べください》の肆《よん》の月。

俺を恐怖のどん底に陥れた極振り禁止令が発布され、「各項目は最低でも冒険者平均の8ポイント以上にすること」が管理者によって厳格に定められた。

そりゃないよ。強大魔法で無双するのを夢想していたのに……そう嘆きつつも俺がとりあえず設定した値はこれだ。

【基礎値】　【現在値】

体力	8	8
魔力	10	10
筋力	8	8
敏捷	8	8
知力	11	11
合計	45	45

これじゃ、中途半端な魔法戦士なんじゃね？　ゲームとかじゃ一番やっちゃあなんねぇビルドだよね？　魔法戦士って最初はよくても、後半は器用貧乏で使えないキャラの典型だし……。

俺もこの割り振りに至るまでいくつかのパターンを考えた。

例えば体力10、筋力11でほかが8の戦士系とか、敏捷が13でほかが8のＮＩＮＪＡ系とか。

だけどやっぱり俺、魔法……使いたいんだよねぇ。それも少しでも強いのをさ。

で、思ったんだ。別に魔王討伐とかを命じられているわけじゃないんだし、さほど尖《とが》った能力は必要ないんじゃないかって。

あっちの世界で有望なメンバーとパーティーを組めるかどうかも分からないんだ。

独りでも生き残ること、そして少しでも強い魔法を使うことをメインに据えるなら魔法戦士も悪くない。ソロプレイもいけそうだし、コツコツ独りで育成するにはちょうどいいジョブなのかもしれないな。魔法戦士って。転移後はこのキャラ《俺》を徹底的に育成してみるか……。

そんな感じで魔導師系のビルドを断念した俺は、魔導師寄りの魔法戦士にジョブチェンジした。

なお、参考までにだが、あっちの世界にジョブ制度なんてものは存在しない。これもゲームじゃないんだから当然だ。無論、ジョブスキルなんて都合のいいものもない。

魔導師っぽい格好の奴が魔導師で、戦士っぽい格好の奴が戦士である。

そんなん見りゃ分かんだろ？　って感じだ。操作系に偽装した具現化系なんて存在しないから安心してほしい。

というわけで、その格好ってやつを整えるため、俺は武器と防具も寄越すよう管理者に要望した。

いきなり布の服とヒノキの棒で放り出されても困る……ってか、死ぬ。

俺は管理者が用意したいくつかの武器と防具の中から、鋼《はがね》の片手剣と前腕部に装着するタイプの丸小盾、そして革の軽鎧《けいがい》と籠手《こて》、半長靴《はんちょうか》を選び、軽戦士っぽいスタイルでまとめた。

残念ながら支給品の素材には、ミスリルとかアダマンタイトとかヒヒイロカネとかオリハルコンとかの希少金属はなかったが、それらを除けば鋼は武具の素材として最上位の金属なのだ。

管理者が言うには、革のほうも亜竜種のワイバーンの素材とのことで、数は少ないものの一般に流通する革素材としては最上位に位置するものである。軽いながらも鋼と同程度の防御力と、高い火耐性も付与されているらしい。

ＲＰＧでいうところの「はじまりの町」から中盤レベルの装備でスタートできるのはありがたい……ってか、その程度の支給は当然だろう。

こちとらいきなり魔物が跋扈《ばっこ》する異世界に放り出されるんだからな！

そしていよいよ魔法である。

火や水などの属性魔法は端から棄《す》てている。

全属性持ちのチート能力者ではないのだ。敵によって得手不得手があるであろう属性魔法は危険だ。ソロプレイも想定している俺としては、そんなリスクは極力避けたい。無属性の魔力を放つ魔法もあったが、威力の割に魔力消費がエグイらしくとても使い物にはならないそうだ。

結局、遠距離系や属性魔法はパーティーを組まないと使いどころが難しいものばかりであった。

俺はたっぷり二時間ほど考えた挙句、空間魔法と重力魔法をチョイスした。

空間魔法は……正義。正直、ロマンしかない。

管理者によると、これは異空間を開く魔法で、魔力で紐《ひも》付けしておけば物や生物も収納できるらしい。なお、時間停止機能はない模様。

もう一つの魔法は、近接戦闘に活《い》かせるんじゃないかと重力魔法にした。

派手にブッパする系ではないが、重力を変化させることで敵を重くしたり、自分を軽くしたりできるらしい。いわゆる敏捷系のバフ、デバフ双方を使用できるのと同じ効果で、お得感もある。

いずれの魔法も、魔力と知力に応じた力を発揮できるとのことで、技術を磨くことはできるものの、スキルレベルなんてものは存在しない。魔法の使い方も個々人の工夫次第らしく、何か新たに派生スキルを覚える――なんてこともない。

ステータス画面はその魔法を使えるか否かだけを示すものであり、あとは知恵と工夫で自分なりに使いこなすしかないようだ。

ちなみに管理者が言うには、あなたの魔力と知力ならばそれなりに戦闘の役に立つと思いますよ……とのことだった。

あと、サービスでステータス画面に小数点以下の表示機能を追加してもらった。能力として目に見えて大きく影響するのは整数部分からだが、小数点以下もまったく影響しないわけではないようだ。それに筋トレとかしたとき、どのくらい数値が上昇するか分かるのと分からないのではモチベーションがまったく違う。

これは結構大きいんじゃないかな？　育成ゲーマーの血が騒ぐぜ！

ただ、画面的に見にくいと困るので、小数点以下をどこまで表示するかは調節可能にしてもらってある。あざーす。

あぁ、最後にもう一つ。

ステータス画面には名前と種族、性別、年齢も表示されるのだが、名前は正式なものを読み取って表示するわけではない。どうやらこのステータス画面、遺伝子的に刻み込まれたものや測定可能なものしか読み取ることができないようだ。

名前欄は相手から名前を訊いたときなどに自動的に記録されるもので、虚偽申告も見破れないらしい。それでも、前世では歳《とし》のせいか人の名前を覚えられなかったオッサンにとっては、一度聞いた内容をメモれるだけでも大変ありがたい。

相手の種族や性別、年齢は正確なものが分かるんだし、それで充分っしょ？

それにしても種族ってどのくらいあるんだろうか。ハーフエルフとかもいるのかしら？

なんてウキウキしていたら、聞いてもいないのに管理者が教えてくれた。

「そうそう、ハーフエルフみたいな中間種は存在しません。種族が異なると受精しないので」

だそうだ。なんだか夢も希望もない回答だったが、逆に言えば受精はしないってだけで、コトを致すだけならできるってことだ。

それはそれで楽しめる……。

なにがだよ？　いや、ナニがだよ。分からん奴は分からなくてよろしい。

なんて思っていたら、管理者が聞きたくもない衝撃の事実を告げてきた。

「別種族と交尾するとごく稀にですが、その種族固有のウイルスに感染する場合があります。そして可能性としてはさらに低いのですが、別種族のウイルスに感染すると最悪の場合、死に至ることもあります」

死に至る病……だと？

「経験知として蓄積されるほどの事例がないため、あちらの世界の人々は異種族間の交尾をまったく忌諱《きい》していませんが、念のためあなたにはお知らせしておきますね」

……だそうで。

そんなほぼゼロの可能性ならあえて聞きたくなかったよ。知らないまま楽しみたかったわ。

知っちまったらいくら可能性が低くても、俺のマグナ……もとい、ニューナンブを使ったロシアンルーレットになっちまうじゃねーか。なんで言わんでもいいことを言うかなぁ、このポンコツは。

はぁ……夢も希望もなくなったところで、そろそろ行きますかね。


行きますかね――とは言ったものの、この管理者改めポンコツ神に行き先を一任すると碌《ろく》なことにならない気がする。いきなり奥深い森とか山の頂とかに飛ばされた日にゃ、泣くに泣けない。なに？　その無理ゲー？　って感じだ。

まずは安全な場所、例えば街中とかに飛ばしてもらわないとな……。

と、そんなことを考えていた俺に、ポンコツ神が厳かな声で宣う。

「街中などの人目があるところに転移させることはできません」

チッ、またかよ。コイツ相変わらず使えねぇな。

「…………ですが、街から離れた街道沿いであれば構いませんよ。少し歩けば街に着く場所にしておきましょう」

コイツが言うには、街道は基本安全なんだそうだ。森から迷い出たはぐれの魔物や盗賊がいる以外は。

ってか、はぐれの魔物や盗賊が出現するのに基本安全って……とは思ったが、前世《日本》とは違うのだ。

その辺で妥協するしかないだろう。

「ではそれで構いませんね？　ほかに要望は？」

転移先を決めるのに、国や街の規模とか位置とかいろいろと考えることがあるでしょうが。地図の一枚も出してもらわんと何も決められんわな。

分かんねぇかなぁ？　分かんねぇんだろうなぁ。

ちまちまと考えてなきゃすぐにでもおっ死《ち》んじまう羽虫と違って、コイツ腐っても神だもんな。

俺は移転先の条件について、ポンコツ神と穏やかに調整した。

このころになると俺は話すことを止《や》めていた。

どうせ心を読んでるんだからメンドイわ。コイツ呼びもデフォである。

そのコイツは、国境や街、街道などが示された地図を突如として眼前に出現させた。

をぅ、ビビった……。だけど、ほかにも必要なものあるでしょ？

国や街の人口、経済規模、軍事力や統治体制、使用言語や特産品、果ては平均気温とか降水量とかをまとめた一覧表なんかあると便利だよねぇ？　ボクは言われなきゃ分からない子なのかな？

そう思った刹那《せつな》、コイツは厚さ一㎝はある『図解！　パンゲア超大陸解説之書』と題されたＡ４サイズの冊子を静かに地図の上に重ねた。

やべぇな、やっぱコイツの万能感ハンパねぇな。あんま煽《あお》らんようにしよ……。

心の中の毒を抑えつつ、俺が小一時間吟味して選んだ移転先は、パンゲア第三の勢力パルティカ王国であった。

第二章　走為上《そういじょう》

ついに異世界へと転移した俺は、かなたに見える街に向けて街道を征《ゆ》く。

街道脇には背の高い雑草が繁茂し、その先には深い森林が広がっていた。日中でも仄昏《ほのぐら》い樹々《きぎ》の奥からは今にも魔物が飛び出してきそうだ。

今の俺の身長は百八十二cm。前世より十cm伸びた……ってか伸ばした。おかげで目線は高く、余裕で森林まで見通すことができる。

ちなみに、『図解！　パンゲア超大陸解説之書』によると俺が転移したパルティカ王国の成人男性の平均身長は百七十六cmだが、冒険者のような荒くれ者は一般的に身体が大きい者が多く、男性冒険者の平均身長は百八十cm。俺は冒険者平均よりちょい上ってところだ。

身長が高いと視野も広がる。

この危険な世界では少しでも早く敵を発見することが生死を分ける。

昔、ホモ・サピエンスよりも大きな脳と強靭《きょうじん》な肉体を持つネアンデルタール人が滅びた理由について書かれた本を読んだことがある。そこにはいくつかの仮説が載っていたが、そのうちの一つが身長であった。ホモ・サピエンスのほうがネアンデルタール人よりも身長が高かったんだそうだ。

俺もホモ・サピエンスのように——ってか、実際ホモ・サピエンスなんだが——この高身長を活《い》かし、少しでも早く敵を発見できるよう祈るばかりだ。

敵を発見といえば、索敵には視覚と聴覚、そして嗅覚なども大きく影響する。

ポンコツ神はこれらもすべて冒険者の平均値より少し高いくらいに設定してくれた。

少し……とはいっても、この世界の住民のそれは前世の住民より元々の平均値が高い。俺は前世と比べて妙にクリアに視《み》える目と、研ぎ澄まされた耳、そして鋭敏な鼻に少し戸惑っていた。

慣れるまでに少し時間がかかりそうだな――。

そうした感覚的な部分は追々慣れていくしかないが、それ以外の点で俺がまず感じたことは、冒険者平均の筋力は伊達《だて》じゃない……ということだった。生まれて初めて装着する防具はそこそこの重さがあり、武器や背嚢《はいのう》も含めるとそれなりの重量になったが、今のところさほど負荷は感じていない。おそらく前世の肉体ならば持ち歩くだけで一苦労だっただろう。

とはいえ、さすがにこうした重量はステータスにも影響するよな？　と思った俺は、ステータス画面を開く。すると、想像どおり状態異常などによる増減を反映した数値は、敏捷《びんしょう》の値が明らかに減少していた。多分、体力の減少速度にも影響があるに違いない。要検証だな。

◆◆◆

それは転移した位置から二百mほど街に向かって歩いたあたりだった。

おいでなすったな……。

街道脇の茂みを掻《か》き分け、一体の魔物が姿を現した。

現れたのは人型の魔物としては最弱クラスのゴブリン。想定どおりだ。

どうせ街道に飛ばされるならば――と、街から最も近いゴブリンが生息する場所に転移するよう、ポンコツ神に頼んだのだから。

そりゃそうだろ？　いきなりぶっつけ本番で強い魔物とエンカウントしてどうすんのよ？

こういうのは弱い魔物から徐々に慣らしていかなきゃ。それも街から近い比較的安全な場所でさ。

そして今後の対人戦も見据えれば、相手は人型がいい。

俺は背嚢を素早く下ろすと、剣の柄《つか》を握って鞘《さや》から抜こう……としたが、あの謎の空間で何度も練習していたにもかかわらず手が震えてうまく抜けない。

やっぱなんだかんだと緊張しているな。

まぁこういう経験を重ねて慣れていくんだし、今はビビっていてもいい。

自分がビビっていることを認めて下手に強がらない。それが次の成長へと自身を導く。長年の経験から俺はそれを知っていた。

俺は少し力任せに鞘から剣を引き抜く。そのときすでに敵はこちらに向けて駆け出していた。

やや茶色がかった黄緑色。

ゴブリンはそんな肌色をした醜悪な目鼻立ちの魔物である。

吊《つ》り上がった細く鋭い目と、小さな顔の割にゴツい鉤鼻《かぎばな》。そして両端が大きく切れ上がった口。

そんな面《つら》の魔物が殺意剥《む》き出しで向かってくると、やはり恐怖を覚える。

身長は百四十㎝から百五十㎝ほどと小柄だが、意外に素早い動きで、少なくとも武装した今の俺と同等か若干速いくらいだ。個体差もあるのかもしれないが、向こうは防具を一切身につけていないから最低でもその分は素早く動けるのだろう。

そいつは長さにして五十cm程度の堅く重そうな棍棒《こんぼう》を握り締め、みるみるうちに俺との距離を詰めてきた。

俺は左手を前方に向け、掌《てのひら》から重力魔法を発動する。

身体から何かが抜け出した感覚と同時にゴブリンの身体がわずかに輝き、動きが若干鈍る。

――えっ？　こんなもんなん？

ゴブリンは何事もなかったかのように接近してくると、棍棒を振りかざす。

俺はすんでのところで棍棒による初撃を盾で受けた。

跳び上がりつつ全体重を棍棒に乗せたゴブリンの一撃は思った以上に強烈で、真正面から受けた俺はよろめいて二ｍほど後退《あとずさ》る。

「痛《い》ってぇー」

盾越しに伝わる衝撃と鈍痛。痛みと痺《しび》れで左腕はしばらく使い物にならないだろう。

馬鹿正直に受けると結構なダメージだな。攻撃をいなすような盾使いを覚えないとな……。

冒険者としては平均以上の能力値があるにもかかわらずゴブリン程度に苦戦するのは、やはり圧倒的に技術が足りていないのだろう。

それは盾術だけではなく、体捌《たいさば》きや剣の技量、その他諸々《もろもろ》も含めて。

そこら辺はマジで鍛えないとな。能力値だけでゴリ押しできる単純世界がよかったんだが……。

俺は痛みを堪《こら》えて左手をゴブリンに向けると、もう一発重力魔法を発動する。

——駄目だ、まだ速い。

俺は追加でもう二発浴びせかけた。

するとゴブリンの動きは目に見えて遅くなった。これならば俺の素人剣でも倒すことができる。

俺はスピードに任せて側面に回り込むと、横薙《よこな》ぎに剣を振るった……つもりだったが、その刃がゴブリンを斬り裂くことはなかった。

柄を持つ手が汗で滑り、偶然にも刃ではなく剣の腹がゴブリンの側頭部を痛撃し、ゴブリンはその場で昏倒《こんとう》していた。

カコワルイ……。

どこからともなくそんな声が飛んできそうだが、俺は無様ながらも無事に初戦を飾った。

意識を失ったゴブリンに注意を払いつつ、自分のステータス画面を確認する。

名前	ライホー
種族	人属
性別	男
年齢	20
魔法	生活魔法、空間魔法、重力魔法

	【基礎値】	【現在値】
体力	8・0001	7・3841
魔力	10・0003	5・4479
筋力	8・0002	7・8826
敏捷	8・0000	6・5955
知力	11・0002	10・9724
合計	45・0008	38・2825

結果、小数点第四位まで表示したところで、本当にわずかながら基礎値が増加していることが確認できた。が、この程度しか増えないんじゃ、能力値を上げて無双するのは無理なようだな。

そして当然のことだが現在値は低下していた。攻撃を受けたこと、魔法を使用したこと……それと疲労かな？

体力は一割まではいかないが、それでもそこそこ減っている。

魔力は重力魔法四発でほぼ半減かよ……。

ポンコツ神曰《いわ》く、休憩すれば体力も魔力も徐々に回復するらしいが、なかなかシビアである。

筋力は左腕の痛みと痺れが原因かな？

敏捷の減はそれに加えて武具の重量も影響しているようだ。

知力の低下はなんでだろう？　疲労は体力だけではなく思考力も奪うからか？

いずれにしてもさらなる検証が必要である。

ほかには……魔物にとどめを刺さなくても能力値は上がると。魔物を倒して経験値を得てレベルアップ……なんてゲーム仕様じゃないんだから当然か？

いや、断定はできない。倒せばもっと上昇するのかもしれない。

そう考えた俺は少し顔を顰《しか》めつつも、昏倒しているゴブリンの首筋に剣を立てると頸動脈《けいどうみゃく》もろとも貫いた。

勢いよく血が噴き出し、地面に赤黒い地図を作っていく。

ゴブリンは何度か身体を痙攣《けいれん》させ、やがて動かなくなった。

これほど大きな生物を殺したのは生まれて初めてだ。まして人型。メンタル的な影響があるかな？　と思ったが、とりあえずそんなことはなかった。

俺はやはり、何か人として大切なものが欠落しているのかもしれんな。

そんなことを考えながらステータス画面を確認したが、能力値は上昇していなかった。

やはり魔物を倒すことが条件ではなく、そこに至る戦いの内容によって能力値は上がる——と。

おそらく鍛錬でも上がると思うが、いわゆる寄生行為で仲間に強い魔物を倒してもらってレベルアップうまー！　な展開はないってことだ。

さて。早いところ街に入らないと危険だな。

あと一度でもゴブリンと遭遇したら魔力はカツカツになってしまう。

あっフラグだ！　と思うが早いか、自己標的フラグは即座に作動し、想定どおりゴブリンは現れた。

しかし想定外だったのは……二体同時に現れたことだった。

いやいやいや、マズイっしょ？


重力魔法はあと四発。うまくいっても五発か。

今の俺ではゴブリンを確実に倒すためには一体に四発は必要だ。

危険を冒して三発で一体を仕留め、もっと危険を冒して二発で一体と対峙《たいじ》するか？

いやいや、そもそも五発撃てるとは限らない。

それに二体同時に攻撃されたら今の俺には捌《さば》けないぞ。

どうすりゃいいんだ？

先ほどのゴブリン一体のときもかなりの恐怖を覚えたが、それでも想定の範囲内であった。魔法を出し惜しみせず戦えば負ける相手ではないと思っていたからだ。

しかし今は違う。

安全マージン的には一体分しか残っていない魔力で、二体のゴブリンを相手取らなければならない。

詰んだ！　異世界生活第一部、完！

そんな定型句の応用形が俺の脳内に浮かぶ。

俺が逡巡《しゅんじゅん》する中、二体のゴブリンは徐々に俺との距離を詰めてくる。

一気に来ないのは、さっき殺したゴブリンがすぐ横で倒れているため、少しは警戒しているからだろうか？

俺は少しずつ後退りながらこの苦境を打開する策を考える。

どうやって倒す？　それも二体。

いや、気絶させるだけでもいいんだ、さっきのように。別に倒さなくても……。

距離はさらに詰まる。もう五ｍもない。

――うん？

俺の脳内にまたしても定型句が浮かぶ。今度は某英国紳士のセリフだ。


……逆に考えるんだ。


そう、逆に考えるんだ。別に倒さなくてもいいんだ。

突如閃《ひらめ》いた俺は、某英国紳士に感謝を捧《ささ》げるように剣を高く掲げてゴブリンを威嚇した。

そしてゴブリンの動きが一瞬止まったその隙《すき》を突き、自分自身に重力魔法をかけた。とりあえず二発。追加でもう一発。

淡い光と共に俺の体が軽くなる。

そしてまたしても俺は定型句を叫ぶ。

「逃げるんだよォォォ！」

重力魔法で身体を軽くした俺は、置いていた背嚢を急いで担ぐと一気に加速して駆け出した。そしてゴブリンの横を巧みにすり抜け、瞬《また》く間に二体を置き去りにすると街を目指して全力で走る。

そうして十分も走ったころ、俺は急に体が重くなるのを感じた。

立ち止まり後方を見る。二体のゴブリンは完全に振り切ったようだ。

すでに街にもかなり近付き、前方にはまばらながらも人が行き交っているのが見える。

――これで一安心だな。

そう思った途端、身体から急に力が抜け、俺は思わず道端にしゃがみこんでしまった。

重力魔法の効果は十分ほどか？

いや、三発重ねがけしたことで長くなった可能性もある。

それに敵にかけるときは、相手の知力によっては効きが悪いことも考えられる。

まだまだ検証しなきゃいけないことが多いな。

ゴブリンのステータスも確認できればよかったんだが……。

だが、あのポンコツ神は言っていた。他者の能力を見るためには相手の力に応じた魔力を消費します――と。

あの状況じゃ、どれだけ必要か分からない魔力を消費することなんてできないわな。他人や魔物の能力の閲覧はもう少し余裕のあるときにやってみよう。別にゴブリンじゃなくてもいいんだし。

俺は魔力を消費しなくても見ることができる自分のステータスを確認した。

そのとき俺は、前回の数値どうだったかな？　メモしておけるといいんだけど……なんて思っていたら、画面には前回閲覧時の数値も表示されていた。

このステータス画面、初期設定以外にもまだ何か隠された機能があるのかもしれないな。

名前　ライホー
種族　人属
性別　男
年齢　20
魔法　生活魔法、空間魔法、重力魔法

（今回閲覧時）

	【基礎値】	【現在値】
体力	8・0002	7・2583
魔力	10・0005	2・0338
筋力	8・0002	7・9241
敏捷	8・0001	6・4021

（前回閲覧時）

	【基礎値】	【現在値】
体力	8・0001	7・3841
魔力	10・0003	5・4479
筋力	8・0002	7・8826
敏捷	8・0000	6・5955

知力	11・0003	10・9584	11・0002	10・9724
合計	45・0013	34・5767	45・0008	38・2825

ふむ、基礎値がまた微増したな。これで戦わなくても上昇することは確定と。

でも筋肉って、回復過程で以前よりも強くなると聞いたことがあるぞ。この筋力の基礎値って回復後の数値っぽいよな。

だとするとしっかり回復時間を取らないと数値はここまで上がらないのかも。

あとは現在値のほうだが……。

体力はさほど落ちていない。

いくら全力で走っても、あの程度ではそれほどでもないのか。

ゴブリンと戦ったあとの落ち幅のほうが圧倒的に大きい。

動いた時間だけじゃなく身体への負荷とダメージ、そこら辺が総合的に影響するのか？

魔力は完全に放った魔法分だけ落ちるようだ。

やべぇ、やっぱあのときあと五発も撃てなかった。逃げてなきゃマジで詰んでたな。

休憩したときの体力と魔力の回復速度は今後検証……と。

筋力は微回復している。

左腕の痛みや痺れはもう引いていたのでその回復分と、今回の全力疾走で受けた足の筋肉への負荷による減少分を差し引きしたものと思われる。

敏捷は減か。

腕の回復分よりも、足の疲労による減のほうが大きいってことだな。多分。

知力は……因果関係がよう分からん。もう少し様子見だな。


俺はしばらく休んで呼吸を整えると、背嚢を背負って立ち上がる。

ここで悲しいお知らせだが、俺の空間魔法には背嚢を収納できなかった。

休憩後、わずかばかり魔力が回復していたので、重そうなものだけでも異空間に収納しようと空間魔法を発動してみたが、異空間を開けるための魔法制御が難しいこと難しいこと。

加えて、その異空間の入り口を広げる難易度も尋常ではない。

練度を高めることで広げることは可能だろうが、今は握り拳《こぶし》程度の穴を開けるだけで精一杯。その穴よりも大きなものを収納することはできないため、とてもではないが背嚢のような大きな荷物は入らなかった。

ちなみに収納するときは魔力による紐《ひも》付けが必要だが、試しに紐付けをしないまま路傍の石を放り込んでみたところ、異空間の狭間《はざま》にじわりと溶けるようにして消え失《う》せた。

をぅ、消えちまった。再び取り出せるイメージもまったく湧かんぞ……。

やはり検証は大切である。俺は石を使ってしばらく検証を重ねた。

結果、石は十個まで紐付けできた。そして革袋に入れるなどしてまとめると、石をいくつか入れていても紐付けは一つでよいことも分かった。

ただ、試しに石を十五個入れた革袋を一つ収納したところ、それ以外で紐付けができる数は八に減っていた。おそらく収納物全体の重量や体積も関係しているんだろう。

これらも魔法の練度を高めれば増やすことができるのだろうか？　さらなる検証が必要だな。

なお、ありがたいことに空間魔法の行使にはさほど魔力を要さないことも判明した。

重力魔法はそれなりに魔力を消費したが、比較的簡単に行使でき、ゴブリンに当てるときも特段意識しなくても命中した。

逆に空間魔法は魔力消費量は少なくても、行使のための魔法制御が困難なのだろう。

魔法の種類によっていろいろと特徴が異なるということだな。

それにしても——空間魔法ってもっとロマン溢《あふ》れるものだと思っていたのに、こんなチープな性能なん？

結局俺は貴重品の白金貨と金貨を入れた革袋だけを異空間に押し込んだ。

まさか安全な財布的な使い方しかできんとは……。


俺は空間魔法のしょっぱさに甚大な精神的ダメージを負いつつも、門の脇に立つ兵士に入場料を支払いボディチェックを受ける。

このボディチェック、あまりにも危険な物を所持していればさすがに没収されるのだが、基本的には危険物チェックではない。そりゃそうだ。剣とかの武器が危険とか言われると何もできなくなってしまう。

それよりもこのチェックは、一定の金銭や財産の所有を調べる意味合いが強い。逆に何も持っていないと入場できないのだ。

街にカネを落としてもらわなければ領主にとってメリットがない。貧困層を増やしても仕方がないのだ。貧しい流れ者は郊外で野垂れ死んでくれ——という支配者層の暗黙の意図を感じる。

俺は入場を待つ間、前に並ぶ商人風の男に銀貨一枚を握らせ、いろいろと予習していたので何のトラブルもなく入場と相成った。

普通、情報収集はするよね。大人だもの。

身分証を持たない者の入場料は一人当たり銀貨五枚である。

商人風の男の話から察するに、銀貨一枚がおおむね一万円程度の価値で、これはポンコツ神の証言とも符合する。

入場料だけで五万円。銀貨五枚はかなり割高だと思われるが、そのうちの四枚分は前世で言うところのデポジットのようなものだ。

入場時に身分確認済みの札を渡され、街中で衛兵に求められたときは提示しなければならない。そして街を去る時にその札を門番に返却すると、銀貨四枚が戻ってくる仕組みらしい。街中で問題を起こせば札は没収となり、街からも叩《たた》き出される。

身元不明の余所者《よそもの》の出入りを適切に管理すること。衛兵による身分確認を容易にすること。さらには街中での問題発生率を低減すること。

この街だけの制度……なのかどうかは分からないけれど、なかなか考えられたシステムを採用しているようだ。

そして、入場料として銀貨五枚を支払うことができない人間のことを斟酌《しんしゃく》するほど、この世界は人に優しくないのであった。

◆◆◆

「まずは冒険者ギルドに行きましょう」

ポンコツ神はノー天気にそう言っていた。

どうやら冒険者ギルドなる組織があるようで、冒険者はそこに加入することで最底辺ながらも信用を得ることができる。

大多数の冒険者は粗野で横暴で野放図で、そして無知蒙昧《むちもうまい》である。

そんな連中を取りまとめ、依頼者との間を取り持ち、冒険者の報酬をピンハネする——一昔前の口入屋《くちいれや》を彷彿《ほうふつ》とさせるが、それが冒険者ギルドの役割だ。

そのピンハネ率は驚きの四割！

いくら王国や領主への納税分も含まれるとはいえ、高利貸し真っ青の率である。

日本の戦国時代、大名への年貢納入率が四割ならば善政だとか聞いたことがあったけれど、自分が取られる立場になるととても善政とは思えんな……。

それでも冒険者はギルドに登録しなければ仕事にはありつけない。

フリーの冒険者稼業は白タクと同じで衛兵の摘発対象だ。ギルドを通さない形での依頼の受発注は、納税逃れとして双方が罰せられる。

なお、緊急的にギルドを通さず依頼をこなしたときは、事後に届出をしなければならない。まぁこの場合は、よほど阿漕《あこぎ》にやらなければ届出をしなくても大部分は黙認状態とのことだが……。


そんなわけで俺は今、冒険者ギルドの入り口に立っている。

俺がこの街に入ったのは北門からのようだが、門から続く街の目抜き通りを五百mほど進んだ先。そこに冒険者ギルドはあった。

そこまでの間、通り沿いには冒険者向けの宿屋や武器屋、飲食店などが雑然と軒を連ね、この一帯だけで冒険者は最低限の生活ができるようになっている。非常に便利ではあるが、荒くれ者どもをこの地域に押し込めている――とも言える。

ってか、おそらくそういうことなんだろう。北門を出た先には俺がゴブリンと遭遇した大森林も広がっているんだし……。

冒険者ギルドではウエスタンタイプの上下が空いたスイングドアがお出迎えして……くれることはなく、三段ほどの石段を上った先のエントランスの向こうには、高さ三mはあろうかと思われる大きな入り口があり、その入り口全体をしっかりと塞《ふさ》ぐ頑丈そうな木製の扉が屹立《きつりつ》していた。

ここパルティカ王国はパンゲア超大陸北西部の高緯度帯に位置し、夏は涼しい。一方で、西の海の沖合を流れる暖流と、常に国土を撫《な》ぜる偏西風の影響で、緯度の割に冬は暖かい。

とはいえ、外気がモロに入ってくるウエスタンタイプの扉はさすがにお呼びではないようだ。

俺は表情を引き締めて石段を上り、エントランスに立つ。

そして一呼吸置いてから扉を静かに押す……が、動かない。どうやら引くタイプ、外開きだったようだ。

そんな小ボケを挟みながらもギルド内に入った俺は周囲を見回す。

正面には受付らしきカウンター、右手には飲食を提供している食事処《どころ》、左手には依頼を掲示してあるらしいボードが立っていた。

食事処には暇を持て余している冒険者が数人、木製のジョッキを呷《あお》りながらくだを巻いている。

――ふむ、カウンターのおねーさんがこちらを見ているな。

五つある受付らしき窓口のうち三つは不在。混み合う時間帯ではないようで休憩中なのだろう。

残る二つのうち一つは接客中だったので、俺はもう一つの窓口へ向かう。

美人――と断言するにはいささか迷いが生じるものの、そこそこ整った目鼻立ちの清楚《せいそ》系の受付嬢が、俺に営業スマイル以上の感情を込めた笑顔を向ける。

まぁ当然だろう。

冒険者の平均よりもやや高い背丈の細マッチョ。武器や防具は一般に流通するものでは最高級品を装備した前途有望そうな若き冒険者。

そのうえ、前世の顔ベースではあるが、涼やかな目元にシャープな鼻梁《びりょう》、薄い唇といった容姿に整え、シワやシミは消えている。前世の二割……ゴメン、嘘《うそ》ついた。三割増しくらいだ。

ちなみに髪は涅《くり》色に変え、緩いウェーブをかけて自然な感じで後方に流してある。

濃い系と薄い系のどちらが好みかは相手次第だが、美男美女の基準が地球と似通っていることは、あらかじめポンコツ神に確認済みだ。


俺は受付嬢に問いかける。

「冒険者登録をしたいのだが……」

低いながらもよく通るクールな声。素晴らしい！　イメージどおり、初代●ーベルシュタインを彷彿《ほうふつ》とさせる。

「畏《かしこ》まりました。冒険者カードをご提出ください」

頬《ほお》を染めた受付嬢が答える。

よく視ると「嬢」と呼ぶにはいささか薹《とう》が立っているようだが、無論そこには触れない。

冒険者登録はそれぞれの街ごとで行われるらしい。

国土全域をカバーできるような謎の魔道具や、高性能の冒険者カードで情報を共有できるほど、この世界の文明は発展していない。

冒険者カードはギルドによって魔法の刻印が施され、一応の偽造対策はなされているようだが、それ以上の機能はない。そしてほかの街ですでに冒険者登録をしている者は、所有している冒険者カードを現在の街のギルドに提示することで同ランクに登録してもらうのだ。

俺？　俺は持ってないから、初心者登録だよ。

初心者登録には料金がかかるが、街に入場した際に渡された身分確認済みの札を渡せば無料になるらしい……ってか銀貨四枚分だよ。その札は。

ちなみに、元々街の住人であった者は住民証があれば銀貨二枚、スラム街の住人など諸事情で住民証がない者は銀貨五枚で登録してもらえるらしい。

そして登録後に渡される冒険者カードが今後の身分証となり、これがあれば街の出入りは無料になるのだとか。

この辺までの情報はポンコツ神と商人風の男からあらかじめ入手済みだ。

そして冒険者のランクはAからFまでの六段階。

最下層のFは初登録の初心者用ランクで、真面目に依頼をこなしていれば半年程度でEランクに昇格するらしい。

俺は受付嬢（？）の指示に従い、初心者登録を進める。

出身地の街の名は忘れた……でいいそうだ。それでいいのか？　とは思いつつも、明かせない俺にとっては都合がいい。名前はライホーで歳《とし》は二十。男性。使える魔法は生活魔法と空間魔法、それに重力魔法と告げる。

魔法は生活魔法のほかに一つ使えれば優秀、二つで特別、三つなら天才だとあのポンコツ神は言っていた。

二つ持ちと申告した俺に対し、彼女は困惑の表情を浮かべた。

「えーと、おサイ……ではなく空間魔法と――」

うん？　お前、今、おサイフ魔法って言おうとしただろ！　やっぱそういう扱いか。空間魔法って……。

「重力……魔法？」

あん？　この受付嬢（？）、重力魔法を知らない？

そこで俺はハタと気付いた。

そうか。この世界にはまだ重力の概念がないのか。空間魔法なら異空間が見えるが、重力は見えないからな。

重力魔法を使える奴もいるにはいるんだろうが、自分がどんな魔法を行使しているのか分からないのかもしれない。効果もビミョーだったし……。

俺はステータス画面があるからいいけれど、一般人はどうやって自分の魔法を知るんだろうな。

「いや、スマン。忘れてくれ。重力魔法ってのは俺の故郷では何人か使い手がいるんだが、俺の魔力の半分を使ってもゴブリンを若干ノロマにできる程度のショボい魔法なんだ。あまり聞き慣れないレアな魔法ではあるが、大したもんじゃない」

俺は慌てて弁解すると、虚偽登録に対するペナルティがないことを確認し、とりあえず生活魔法と空間魔法だけで登録してもらった。

冒険者登録の手続きが終わるころ、隣の窓口が騒がしくなり始めた。

そういや先客がいたな。

その先客にヤバそうな男の冒険者が絡んでいる。どうやら隣接する食事処からわざわざお出ましになったらしく、木製のジョッキを持ちアルコール臭を漂わせていた。

男は身体はゴツくて力は強そうだが、腹まわりは贅肉《ぜいにく》とお友達であるようで、ビール腹の中年そのものであった。

その豚野郎が酒焼けした声で獰猛《どうもう》に吼《ほ》える。

「おうボウズ、ここはお前みたいなガキンチョが来る場所じゃないぞ！」

俺は次に絡まれたときに備え、豚野郎のステータスを確認した。

名前　豚野郎
種族　人属
性別　男
年齢　39
魔法　生活魔法

	【基礎値】	【現在値】
体力	10	8
魔力	6	5

筋力	11	11
敏捷	6	5
知力	5	3
合計	38	32

おぉ、種族がオークとかじゃなくてよかったぜ。辛うじて人のようだ。

ってか、名前！　俺が勝手に決めた渾名《あだな》になってんじゃねーか！

まぁいい、これはこれで便利だ。正式な名前が分かれば上書きされるんだろうし。

そして粋がっている割に豚野郎の能力値はそれほどではない。冒険者の成人男性の平均にも達していない……というか、加齢と肥満で低下したのかな？

正面から戦えば経験と技量の差で押し切られるだろうが、能力値では俺のほうが上だ。

そして俺はこのとき初めて他人のステータスを覗《のぞ》いたのだが、魔力消費量はさほど多くはなかった。まぁ、この豚野郎の能力値が低いだけなのかもしれないが……。

続けて俺は、絡まれている側のガキンチョのステータスを見る。

名前	ガキンチョ
種族	人属

性別　男
年齢　15
魔法　生活魔法、土魔法

	【基礎値】	【現在値】
体力	8	7
魔力	7	6
筋力	9	9
敏捷	9	9
知力	7	7
合計	40	38

あっスゲェ。このガキンチョ。

この歳で冒険者の成人男性の平均と同じだ。それに土魔法まで持っていやがる。

そんな驚きを覚えつつも、俺は魔力消費量を確認した。すると豚野郎とガキンチョの能力値の差の分だけ、若干多く魔力が使われていた。

それでも他人のステータスを見るために必要な魔力は、重力魔法なんかと比べると断然少ない。

これからは積極的に他人のステータスを見ることにしようか。

個人情報？　何それ？　美味《おい》しいねぇ。


さて、喧嘩《けんか》……じゃなくて、一方的な因縁付けのほうに話は戻るが、いくら能力値の合計ではガキンチョのほうが優《まさ》っていても、体力と筋力では豚野郎が上。

このガキンチョはステゴロでどうやって豚野郎を退けるつもりだ？

そう思って興味津々に見入っていると、立ち上がった直後のガキンチョの鳩尾《みぞおち》に豚野郎の右フックが入った。完全に奇襲である。苦悶《くもん》の表情を浮かべるガキンチョ。

そこからはまさかの一方的な展開であった。

豚野郎は止《とど》まることなくガキンチョに拳を浴びせかけ、ガキンチョは崩れ落ちることも許されず、よろめきながら入り口の扉のほうに押し込まれていく。

そしてガキンチョは扉に寄りかかる……が、そこはウエスタンタイプではないにしてもスイングドア。扉はそのまま外側へと押し開かれ、ガキンチョはエントランス先の石段を転がり落ち、街路にうずくまったのであった。

あぁ扉が外開きなのは、こういうときのためだったのかな？

俺はとってもくだらないことを考えていた。


その後、ガキンチョが戻ってくることはなく、ドアの前で俺にメンチを切った豚野郎は食事処で歓声をあげる仲間の元に戻っていった。

こっわ！

やっぱ、そこそこの歳にしておいてよかったわ。

「俺はあまりギルドの流儀には通じていないから訊《き》きたいんだが、ああいったのはギルドとしては関知しないものなのか？」

俺は受付嬢（？）に訊《たず》ねると同時に、彼女のステータスを見る。

合計値は32か。一般人の平均は約30らしいから、まぁこんなものだろう。なお、ここで表示される合計値は、各項目の小数点以下を切り捨ててから足しているようだ。

名前	受付嬢（？）
種族	人属
性別	女
年齢	36
魔法	生活魔法

	【基礎値】	【現在値】
体力	5	4
魔力	7	7

筋力	5	5
敏捷	6	6
知力	9	8
合計	32	30

「そうですね、あまり長引いたりギルドの備品を壊したりするようなら注意くらいはしますけど、素手同士なのであのくらいは別に。それにいくらCランクとはいえ、あんな落ち目のロートルに一方的にやられるようでは、あの子も早死にするだけですから。少し荒っぽいところはありますが、新人の選別に使うには都合がいい人なんですよ。オークリーさんは」

ブホッ、オークみたいな豚野郎の名前はオークリーかよ！

ってか、ロートルって……アンタと三つしか違わんのだが、それはいいのか？

「そ、そうか。ところでオークリーとやらは俺には絡んでこなかったが、俺は奴の選別を免れたのか？」

「ライホーさん——でしたっけ？　あなたは身体もそれなりに大きいですし武具の質もいいので、新人とはいえオークリーさんも何か危険を感じ取ったんだと思いますよ。逆にそういう危険察知に長《た》けているからこそ、あの人はあの歳まで生き残ったんでしょうけど」

なるほど。武具の質まで見られていたか。そういやガキンチョ君はただの布の服だったし、武器も錆《さび》が浮いた短剣だったな。

「でもホント、ライホーさんの武具はいいものですね。その革鎧《よろい》も——もしやワイバーン製では？」

受付嬢（？）は声を潜めて訊ねてきた。

重要な情報は周囲に漏れないよう小声で慎重に訊く。

さすがは薹が立ったベテラン受付嬢（？）だ。

「まぁそんなところだ。少し伝手《つて》があってな（神と）。だが冒険者としては駆け出しだ。実は剣もさほど振れるほうではないんだ。この街には長逗留《ながとうりゅう》して少し鍛えたいと思っている。ギルドでは修行できるような場所を紹介してもらえるだろうか？」

「少しお待ちいただければギルドの紹介状を準備しましょう。銀貨一枚頂戴しますが……」

「構わない。できれば基礎から丁寧に教えてもらえるところがいい」

「畏まりました」

「あぁ、それと、信用の置ける宿屋もお願いできないかな？　多少高くても構わないが、できれば部屋数は少ないほうがいい」

そう訊ねたとき、受付嬢（？）が少し逡巡したのを俺は見逃さなかった。

「どうした？　何か問題でも？」

「いえ、ライホーさんの条件に見合う宿屋に心当たりはあるのですが、少し公私混同になってしまいそうで……」

「別に俺は条件さえ合えば構わないんだが」

「それでは私の末の妹がやっている宿屋はいかがでしょう？」

ほう、末の妹がね。

たしかに公私混同ではあるが、この受付嬢（？）はそれを正直に話してくれるし、ワイバーンの革鎧のときも細やかな配慮があった。

俺も前世の五十年にも亘《わた》る人生で、それなりに人を見る目を磨いてきたつもりだ。彼女はある程度信用に足る人物だろう。右も左も分からない今の状況下では当たりの部類だと思う。

「詳しく教えてもらおうか」

俺は彼女の妹が経営している宿屋について訊いてみることにした。

「妹は狩人兼冒険者の夫と、小さいながらも宿屋を営んでいました。ですが妹の夫は先月魔物に襲われて亡くなり、それ以来休業しているんです。そろそろ再開しないといけないんですが、女手一つになってしまった宿にオークリーさんみたいな方は紹介できず困っていました。でもライホーさんなら——と。部屋数も三つしかありませんし、いかがでしょう？」

なるほど、たしかにそれじゃオークリーみたいな奴は紹介できんわな。

「分かった。それなら一度泊まってみることにするよ。気に入れば長逗留させてもらおう。でも今は休業中じゃないのか？」

「あと少しで勤務時間は終わりますので、私がご一緒して妹に話してみます」

第三章　めぐりあい異世界

俺が所在なげに依頼ボードを眺めていると、ギルドの制服から私服に着替えた受付嬢（？）が駆け寄ってきた。

「ごめんなさい。お待たせしました」

「構わないよ――あぁ、そういえば何とお呼びすれば？」

「あらやだ、私、名乗っていませんでしたか？　失礼しました。私、トゥーラと申します。お見知りおきください。それじゃ妹の宿にご案内しますね」

「トゥーラ嬢か。それでは案内よろしく」

あっ、ヤベッ！　嬢（？）を意識しすぎて思わず「嬢」って付けちゃったよ。嬢なんて呼ばれる歳《とし》じゃないだろうに。それにしても、薹《とう》が立っているから「トゥーラ」じゃないだろうな？　オーク似の「オークリー」みたく。

俺がそんな失礼なことを考えているとは露《つゆ》ほども思っていないトゥーラ嬢は、上機嫌な笑みを湛《たた》えて受付カウンターの前を横切ると、俺と共にスイングドアを開けてギルドをあとにしたのであった。

その宿屋は冒険者ギルドがある目抜き通りから一本裏に入った通りにひっそりと佇《たたず》んでいた。

ギルドからは歩いて十分弱の場所である。

こぢんまりとした規模の建物は、質素だが手入れが行き届き、清潔感に溢《あふ》れていた……のだろう。

おそらく先月までは。

今は庭には若干雑草がはびこり、数匹の蜘蛛《くも》が宿の軒下を間借りしていた。

少し手入れをすればすぐにでも元の清潔感溢れる佇まいに戻るだろう——そんな状態であった。

「ウキラ、入るわよ。おねーちゃんよ。お客様をお連れしたの！」

トゥーラはそう声をかけるとドアを開けた。

妹はウキラって名前なのか。特に変な意味は——ないよな？

一階奥の部屋から出てきたのは、肩にかかる絹糸のような銀髪、そして同じ色の瞳を持つ、そこそこ目鼻立ちの整った細身で清楚《せいそ》系の女だった。

お姉ちゃん似なのね、ウキラちゃんは。まぁ、好みのタイプではあるけれど。

名前	ウキラちゃん
種族	人属
性別	女
年齢	24
魔法	生活魔法

【基礎値】　【現在値】

体力	5	4
魔力	8	7
筋力	5	5
敏捷	7	7
知力	9	9
合計	34	32

そしてステータスを見て思ったのは、若っ！　である。お姉ちゃんより一回りも若いじゃん。まぁ、街中を見ても子供が多かったし、昔の日本のように多産社会なんだろう。トゥーラ嬢が一番上の子だとすれば、末っ子のウキラちゃんと一回り離れていても不思議じゃない。

ってか、今は俺のほうが年下じゃん！　俺より四つも上なんだ、ウキラちゃん……。

「ウキラ、こちら冒険者のライホーさん。ここみたいな雰囲気の宿をご希望だったからご案内したの。急で悪いんだけど久し振りに宿を開けてみる気はない？」

見知らぬ男を突然連れてきた姉から唐突にそんなことを言われても、妹のほうは困るだろう。

実際にウキラちゃんも困惑した表情を浮かべている。

「えっ？　そんな……ホントに急だよ、おねーちゃん。最近はお掃除もしていないし、お食事の準備だって……」

まぁ普通そうなるわな。トゥーラはなかなか強引なんだな。

「俺は今晩の食事はなくても構わないぞ。掃除も泊まる部屋だけ軽くやってもらえればいい」

外観や立地など、宿屋としての条件は悪くない。ギルド職員であるトゥーラの妹ということで、それなりに信用も置けそうだ。

もう少し確認したい点もあるが、俺はここを定宿にしてもいいと思っていた。


その後、宿屋一階の食堂の一隅で、三人……というか、ほとんどトゥーラとウキラの二人で話し合うこと一時間。結果としてウキラは宿屋を再開することになった。

ただ、しばらくは一室のみ。つまり俺だけを受け入れ、徐々に本格復帰を目指すとのことである。

宿代は一泊銀貨一枚で、今日は夕食が準備できないので銅貨七枚とのことである。

翌朝の朝食も抜くと銅貨五枚になるそうだが、朝食は準備できるとのことでいただくことにした。

のちに聞いた話だが、ここは料理が評判のうえ、清潔感溢れる宿として有名で、元々ほかの宿よりも割高なのだという。

ほかの駆け出し冒険者向けの安宿は、朝夕の食事が付いても銅貨五枚とのことで、この宿の半分である。俺は金には困っていなかったからこの宿で構わないが。

前にも触れたが、この世界は銀貨一枚が日本円でいう一万円程度の価値がある。

そしてその銀貨を基準にすると、銅貨一枚が千円、金貨一枚が十万円となる。銅貨の下にはすぐに錆《さ》びて使い物にならなくなる鉄貨なんてものもあるようだが、銅貨よりも安い取引では物々交換も盛んに行われている。

そして金貨の上には白金貨があり、これは一枚百万円である。

俺はポンコツ神から、白金貨十枚に金貨二十枚、銀貨三十枚をせしめてこの世界に降り立っている。日本の貨幣価値に換算するとおよそ千二百三十万円である。

多いようにも思えるが、CからDランク冒険者の三年分程度の収入である。

彼らはその中から生活費を捻出し、武器や防具を修理し、あるいは更新しなければならない。怪我《けが》をすれば収入は途絶えるので一定の蓄えも欠かせない。

そう考えると中堅冒険者であっても、この額でもカツカツなのだ。

無論、EとかFの駆け出しランクの冒険者に安定性なんてものは存在しない。失敗すれば野垂れ死ぬだけである。

「さすがにそれはないっしょ？」

俺はポンコツ神に思いの丈《たけ》をぶつけ、せめて駆け出しランクを抜けるまでの数年間分の資金提供を求めた。

そしてたっぷり二時間はゴネまくって、ここまでの金額を勝ち取ったのであった。

そんなわけで俺の懐はそこそこ暖かい。

俺は金貨一枚を渡し、とりあえず十日分の宿を予約した。初日の夕食分の銅貨三枚はチップ代わりだ。そして自室に荷物を置き旅装を解くと、俺は剣だけを腰に佩《は》き、今晩の夕食を求めて夕闇迫る街に繰り出したのであった。


やっちまったー。

何を？　いや、ナニを——である。

夕食時に少しばかりアルコールを嗜《たしな》んで、ほろ酔い気分で宿に帰ると、奥の部屋で背中をこちらに向けたウキラがすすり泣いていた。

突然の夫の死から宿屋の休業。そして再開。急展開を整理しきれない心を置き去りにして、無慈悲に時だけが流れていく。

無論、前に進まなければ——そして働かなければ食っていくことはできない。

本人もいろいろと不安だったのだろう。夫のあとを追うことも何度か考えたそうだ。

そんな千々に乱れた心に、突如俺という異物が紛れ込み、姉に背を押されるがままに宿屋の再開へと至った。だが、ふと我に返った途端、将来への不安と再開への希望が綯《な》い交《ま》ぜとなり、思わず涙が溢れてきたのだそうだ。

そんな彼女の震える細い背中を見ているうちに、俺は妙にウキラを愛《いと》おしく感じた。そして気付いたときには彼女を後ろからそっと抱きしめていた。

一瞬びくりとして俺のほうを見たウキラだったが、特に嫌がる素振《そぶ》りも見せず、その銀色の瞳をゆっくりと閉じていった。

……あとはご想像のとおりである。

結果だけを見ると、夫を喪《うしな》ったばかりの未亡人の心細さにつけ込んだクズ野郎の所業である。が、決して手籠《てご》めにしたわけではないし、合意の上だったよ！　って裁判になったら正々堂々と証言したい。いや、こっちの裁判制度なんて知らないけれど。

まぁ、今朝も俺の腕の中で微笑《ほほえ》んでいたウキラを思い出すと、裁判にはならなそうであるが。ってか、これって逆に「責任とってよね！」ってパターンなのか？　なんか儚《はかな》げな雰囲気に絆《ほだ》されて思わず抱いちまったが、まさか嵌《は》めたつもりが嵌められてたってやつ？

——一方。

「ウキラ、どーよ。ライホーさんは？」

昨晩。ライホーが夕食に出掛けるや否《いな》やトゥーラは小声で囁《ささや》いた。

「アンタは私と顔だけじゃなくて好みのタイプも似てるんだから、あれはグッとくるでしょ？」

「突然何言ってるのよ、おねーちゃん……先月あの人《夫》が逝ったばかりなのに、とてもそんな気持ちになんかなれないわよ」

と言いつつ、ウキラも満更《まんざら》ではない表情を浮かべている。

「いい？　ウキラ、アンタがダンナを愛していたことは分かる。そこは否定しないわ。けれど彼はもういないの。それに私だってあんな上物じゃなければ、こんな時期に無理して勧めたりしないわよ」

「上物って……言い方！」

「現実を見なさい、ウキラ。上背があってアンタ好みの薄い系イケメン。それにあの装備見たでしょ？　あの革鎧《よろい》、ワイバーン製ですって。剣や盾も鋼《はがね》なんだから相当のお金持ちよ、彼。さっきだって金貨一枚ポンと支払って出ていったじゃない。あの品のある振る舞いから察するに、家督継承が見込めない下級貴族の三男坊や四男坊の武者修行ってところかしら？　剣術道場の紹介状の件もあったからギルマスにも報告したんだけれど、彼も同じような見立てだったわ」

「でも……彼、この街にいつまでいるのかも分からないじゃない？」

よしっ！　完全な拒絶じゃなくなったわね。条件の話に持ち込んじゃえばこっちのものよ――と、トゥーラは内心でガッツポーズをした。

冒険者ギルドで荒くれ者どもを相手にしている百戦錬磨のトゥーラにとって、ウキラの説得など赤子の手をひねるようなものであった。

「あのねぇ、別に今すぐ結婚にまで持ち込めなんて言っているわけじゃないのよ。所詮《しょせん》、流れ者の冒険者なんだから。でも彼、この街には長く逗留《とうりゅう》するみたいだし、その間だけでもここを定宿にしてもらえれば充分お釣りがくるじゃない？　金払いがよくて若いイケメンが用心棒だなんて、私が代わりたいくらいよ。結果としてゴールインできるならすればいいんだから」

「でも彼、私より四つも年下よ？　私みたいな年上の未亡人なんか相手にしなくても、いくらでも若い娘が寄ってきそうじゃない？」

ウキラは宿帳に記載されたライホーの歳を見る。

あんな若い子なら十代の若い娘と楽しむほうがいいに決まっている――ウキラはそう思ったのだが、まさかライホーの中身が五十歳のオッサンであることは知る由もない。それはまさに神のみぞ知ることであった。

「ウキラ、それはアンタの頑張り次第よ。それに余所《よそ》に女がいたっていいじゃない。最後にはこの宿に帰ってくる――そんなふうに思わせればいいんだから」

この世界、ライホーの前世《現代日本》のように貞操観念《建前》は厳格ではない。

たった一度の不倫で人生を棒に振った有名人を見るにつけ、なんて無理ゲーなんだ！　思わずそう叫びたくなるのをライホーは何度も我慢してきた。

しかしこちらの世界では、貴族などは別にしても、庶民の婚姻制度は厳格に定められているわけではない。男であれ女であれ、より条件のいい相手が見つかればそちらに流れることは間々ある。

無論、当事者同士の修羅場は多々あれど、複数の相手と同時進行しても周囲からはさほど責められたりはしないのだ。

「別に今晩すぐじゃなくてもいいわよ。けれど、逃がさないようにしっかりと捕まえときなさいよ！」

そう言い残したトゥーラは、ライホーが戻ったときにお邪魔にならないよう、そそくさと愛する夫が待つ家路についた。意外にもトゥーラは一途《いちず》なのであった。

「はぁ、結局すぐに抱かれちゃった……おねーちゃんに合わせる顔がないよ」

翌朝、キッチンで朝食の準備をしながら、ウキラは頬《ほお》を染めて呟《つぶや》いた。

「でも優しかったな——ライホーさん」

ライホーにしてみれば、ジェンフリかつフェミニストであることが求められる前世《地獄》で鍛えられた、前世《地獄》基準としてはささやかすぎる、そしてライホーにとっては限界ギリギリの優しさを発揮したに過ぎない。

しかし、なんだかんだと男の権限が強い今世においては、その程度がちょうどよかったようだ。

「それにすごく上手だった……」

これも、ホルスターに銃を突っ込んで乱暴に出し入れするだけの荒くれ者が多い今世と、荒々しさに加えてときに繊細かつ多彩なテクニックまでもが求められた前世《地獄》との違いであった。

ライホーは別に現代知識チートをするつもりなどまったくなかったのだが、この件については無意識のうちに存分に発揮してしまったようだ。

まるで無自覚系主人公がなにかやらかしたときのようである。

おそらくこれまでで最もお下劣な無自覚チートの事例であろうが……。

ウキラが作った朝食は美味《うま》かった。

こちらの世界では朝食と夕食は広く一般に根付いているが、昼食というものは庶民の生活に明確には存在しない。屋台などで適当に肉串やサンドウィッチのようなものを購入し、簡単に小腹を満たして済ませるそうだ。

無論、サンドウィッチ伯爵が存在しない世界なので、その食べ物もサンドウィッチなんて名前ではないが、名前なんかどうでもいい。ガッツ《石松》がいなくてもガッツポーズが存在するのと同じである。

俺は朝食を済ませると、夕飯も楽しみにしてるよ――ウキラにそう伝え、生活魔法で口内を磨いてから軽く口づけをして外出した。

なんだかんだと生活魔法は便利である。

風呂はあるところにはあるようだが、無理に入らなくても魔法でなんとかなる。

魔力と知力によって効果にバラツキはあるものの、俺の場合はかなりクリーンになるようで、ウキラに魔法をかけてあげると彼女はその効果に吃驚《びっくり》していた。

ウキラにいつ魔法をかけたのかって？　そりゃ俺がウキラにナニをブッかけちまったときだよ。

言わせんな、んなこと。

ナニが何か分からないって？　そりゃお前が――坊《サクランボ》やだからさ。

俺自身が若く逞《たくま》しい肉体を得たうえに、数十年振りの若い女との目合《まぐわい》である。俺はかなりイイ感じで燃え上がってしまったのだ。

閑話休題……って便利な言葉だな。

さて、生活魔法の続きだが、汚い話で申し訳ないがトイレのあともこの魔法の出番だ。なのでトイレもそれほど汚れないし、ペーパーもシャワーも不要である。

ほかにも炊事の際の水の調達や簡単な火つけ、夜の明かりなど、生活のすべてに生活魔法はかかわっている。

こんな便利な魔法があるのなら、そりゃ文明なんて発達しないわけだ。

そして、魔法繋《つな》がりでもう一つ気になったことがある。

それは、おそらくこの世界の人達は魔素に慣れすぎている――ということである。

生まれ落ちたときから魔素のある空間で生きてきたので当然なのかもしれないが、魔素の動きに鈍感なのだ。

だが生まれて半世紀が過ぎてから、初めて魔素を浴びた俺からすると違和感しかない。今まで感じたことのない何かが常に気になって仕方がない。

しかしこれは、俺にとってはメリットでもある。

昨日ゴブリンの接近を察知したときもそうだったが、魔物に限らず人間も含め、魔素を纏《まと》う者の気配を容易に察知できるのだ。

この感覚は戦闘だけではなく日常生活においても大きなアドバンテージとなり得る。この感覚を決して鈍らせぬよう、この先も意識して生活したいと思う。

宿を出た俺は、冒険者ギルドから紹介された剣術道場に向かっていた。

受付嬢のトゥーラに依頼したとおり、その道場は基礎からじっくりと鍛えてくれるところだそうだ。

剣術の心得がまったくない俺にはとてもありがたい。

昨日の対ゴブリン戦でも身に沁《し》みて分かったが、ゴブリン程度の魔物であっても今の俺では二体を相手にするのも難しい。残念ながら、ゲームのように簡単に能力値が伸びる世界じゃないことは判明している。この先、魔法戦士としてやっていこうと思ったら剣の腕を磨くしかないのだ。

この世界に来て、俺は強烈に思い知らされたことがある。

前世では、好きなこと以外では先の見えない努力がどうしても好きになれなかった。苦手科目の勉強然《しか》り、仕事も然りである。

しかし今世の俺にはステータス画面がある。

努力した結果が実際にどう能力に反映していくのかが分かるステータス画面は、育成ゲーマーにとっては夢のようなアイテムだ。そのアイテムをリアルで手にした俺は、初めて体験する剣術についても前向きに、そしてまた真剣に向き合おうとしていた。

やっぱ、数字で見えるとやる気ってダンチだよな。俺が中学のころの話だが、定期テストで上位陣の点数と順位が学校の廊下に貼り出されたときは異様に燃えたたし。

あれって育成厨《ちゅう》が自己育成するためには最高のシステムだったと思うわ。

息子が中学のころにはもう貼り出しシステムはなくなっていたけれど、上位陣にやる気を出させるにはいいモンだったと思うけどな……。


その道場は、冒険者ギルドが面する目抜き通りをウキラの宿屋とは反対側に渡り、さらに二本ほど裏通りに入ったところにあった。

道場主の住まいであろうこぢんまりとした母屋と、その横にある荒ら屋《あばらや》のような建物が、狭い敷地内に隣接して建っていた。

荒ら屋のほうには「ハーミット道場」と下手糞《へたくそ》な字で大書された古びた看板が掲げられ、冒険者ギルドの紹介状に記された名と一致している。どうやらそれが道場主の名であるらしい。

俺は道場と思《おぼ》しき荒ら屋に入る。

そこには朝稽古を終えて一休みしているらしき道場主と弟子達が七、八人たむろしていた。

「なんじゃ、お主は？」

前世の俺と同年代と思しき道場主は、妙に年寄り臭いセリフを吐く。

いや、お主って……お前の歳いくつだよ？　前世の俺と大差ないだろ？　なんでこんなジジイムーブなんだよ？

そんなことを思いつつも、俺は訪問の目的を伝える。

「俺はライホーという者だ。これは冒険者ギルドからの紹介状。ここで剣を学びたいのだが……」

紹介状を手渡しながら、俺は道場主のステータスを見る。

名前　ハーミット（道場主）
種族　人属
性別　男
年齢　50
魔法　生活魔法

	【基礎値】	【現在値】
体力	12	10
魔力	6	5
筋力	13	12
敏捷	11	11
知力	8	8
合計	50	46

能力値の合計は驚異の50。

前世の俺と同い年にもかかわらず、その値は二十歳の今の俺より5ポイントも上回っていた。そのうえこの男は、ギルドから紹介されるほどに剣術も使えるのだろう。

一体、全盛期はどれほどの使い手であったのか……うん？

道場主が紹介状を確認している間、ふと弟子達を見渡すと、顔面に二つほどの青痣《あおあざ》を残す見覚えのある少年が末席にいた。

あぁ、ガキンチョ君だ！

俺がそう思ったとき、ガキンチョ君も俺に気付いた。

「アンタ、昨日ギルドで……」

「よう、昨日はどうも。助けずに悪かったが、大した怪我じゃなさそうでよかったな」

助けに入らず傍観していた俺を責めるような素振《そぶ》りはガキンチョ君にはない。多分、仲間でもないのにあんな揉《も》め事《ごと》に首を突っ込む奴のほうが珍しいのだろう。

あのときの俺の振る舞いに特段問題はなかったようだ。

「なんじゃアケフ、お主の知り合いか？」

あぁ、アケフって名前なんだ？　マトモな名前でよかったよ。ガキンチョだから「ガッキー」なんて安直な名前だったらどうしようかと思ったわ。

名前　アケフ（ガッキー）
種族　人属

性別　男
年齢　15
魔法　生活魔法、土魔法

	【基礎値】	【現在値】
体力	8	5
魔力	7	6
筋力	9	7
敏捷	9	6
知力	7	5
合計	40	29

うん？　その名前の下の括弧書きヤメロ！　俺のガッキーはそんなんじゃない。

俺の潜在下の意識は、このステータス画面にかなりの影響を与えるようだ。

それにしてもガッキ……もとい、アケフ君のステータスは十五歳にしてはやはり前途有望だ。

今は身長も百六十㎝台の後半くらいで、この世界の成人男性と比べれば低いほうだが、まだまだ成長期。この先、身体が逞しくなり同時に剣術の腕も磨いていけば、魔法持ちということもあり相当な使い手になるだろう。

「えぇ、お師匠。昨日ギルドで会ったんです」

「おお、お主がコテンパンにやられて逃げ帰ったアレか。なんだかんだとあの豚野郎はそこそこ強いからのう」

あぁ、やっぱ「オークリー」は「豚野郎」で正解なのか。

俺のステータス画面が次から「オークリー（豚野郎）」になっていなければよいのだが……。

そんなどうでもいいことを考えつつ、俺は肝心なことを訊《たず》ねる。

「それで、入門のほうはどうなんだ？　実のところ剣はド素人で、基礎から学びたいんだが」

「そうじゃろうな。お主の歩き方を見ればその程度は言われんでも分かるわ。手間はかかりそうじゃが、ギルドの紹介状もあることだし金さえ払えば構わんぞ」

さすがは銀貨一枚も払った甲斐《かい》があるというもの。素晴らしい効果だ。

そして、かなりの能力値を持つ剣の使い手に教えてもらえるのはありがたい。

……が、道場主には確認したいことがあるようだ。

「じゃがその前に一つ訊《き》いておきたい。お主、剣はほぼド素人のクセしてなんじゃその装備は？　剣と盾は鋼で革鎧のほうはワイバーンじゃろ？　いいトコのボンボンなのか？　こっちも厄介事に巻き込まれたくはないんでな。できれば少し素性を明かしてもらえんかの？」

困ったな……こんなことにならないようにギルドの紹介状ってあるんじゃないのか？

「この武具はちょっとした伝手《神のつて》で入手したものだ。詳しくは明かしたくないが、明かさなければ弟子入りはできないのか？　銀貨一枚もしたんだぜ。その紹介状は」

俺は期待薄ながらもギルドの威光に縋《すが》ってみたが、意外にも効果は覿面《てきめん》であった。

「……まぁ、ギルドからの紹介ならば仕方あるまい。儂《わし》もお主が話せるのであれば知っておきたいという程度じゃ。明かせぬのであればそれでも構わん。何かあればギルドも少しはケツを拭いてくれるじゃろうて。いずれ気が向いたら教えてくれればよいわ。では――指導料は月に金貨一枚。お主ほどの身形《みなり》の者であればさほど高くはあるまい？」

ふぅ、助かった。ギルド様々だ。銀貨一枚程度ケチるもんじゃないな。

にしても、このワイバーンの革鎧ってヤバくねーか？　トゥーラといい、この道場主といい、見る者が見ればすぐ分かるし、相当の価値なんだろうな。

早いトコ安モンの革鎧を買って、俺の腕が上がるまでの普段使いはそっちに切り替えるとするか……。


俺は、ガッキー改めアケフと対峙《たいじ》している。

素人とはいえ、とりあえずの力は見たいとのことで、一番下っ端のアケフが俺の相手をしてくれたのだ。

ちなみにアケフの月謝は銅貨一枚だという。対して俺は金貨一枚。なんと百倍である。

「アケフはまだ十五じゃぞ。それに才能もあるしの。儂は取れるところから取る主義じゃ！」

道場主の某闇医者《BJ》も真っ青のご立派な思想には涙がちょちょぎれそうになる。

それにしても周囲の弟子達と比べても、やはりアケフの能力は頭一つ抜けている。道場主の能力と比べてしまうと見劣りはするが、人属ならば一つでも15ポイント以上の項目があれば超一流ですよ——って言ってたな。あのポンコツ神。

であれば十五歳にして能力値9の項目が二つもあるアケフは充分強い部類なのだろう。

アケフとの勝負はあっさりとついた。無論、アケフの完勝である。

オークリーの豚野郎も見る目のないことだ。アケフなんかじゃなく俺のほうが圧倒的に弱いのに。とはいえ、俺もこのまま引き下がるわけにはいかない。このままほかの弟子共にまで舐《な》められると今後の居心地が悪い。

パシリ君にはなりたくない。少しはできるところを見せておかないとな……。

「スマンがもう一戦やらせてくれないか？　あと、次は魔法も使いたいんだが構わないか？」

「なんじゃお主、魔法持ちか？　無論構わんが……派手なモンをぶっ放して道場を壊すなよ」

「俺の魔法は地味なんでな。残念ながらそんなド派手なコトはできないさ」

自嘲《じちょう》気味に言うが早いか、俺はアケフに向けて重力魔法を立て続けに四発放った。無論、アケフが重くなるように。

ゴブリンから逃げたときのように自分を軽く素早くすることもできたが、速くなったときの動きに自分自身の感覚がまだ追いつかない。ただ走るだけならばさほど影響はないのだが、剣を振るって戦うような細かい動きが求められるものについては、もう少し慣れが必要なようだ。

それに自分の手の内をすべて晒《さら》すことは控えたいという理由もある。いつかここにいる連中と命の遣《や》り取《と》りをしなければならない日が来ないとも限らないのだ。

無論、そんな日が来ないよう祈りたいところだが、あのポンコツ神にそんな祈りは通じないのだから……。

突如として身体が重くなったアケフは明らかに戸惑っていた。

その隙《すき》を突いた俺は、素早く懐に飛び込むと木剣を横薙《よこな》ぎに一閃《いっせん》する。勝負ありだ。

やはり魔力消費さえ躊躇《ためら》わなければアケフレベルにも負けないようだ。

「ほっほ、面白い魔法を使うな、お主。一瞬でアケフの動きが鈍くなったぞい」

さすがは道場を構えているだけのことはある。道場主には俺の魔法の効果は即座に見抜かれていた。

「その魔法にそこそこの剣の腕が合わされば、タイマンならば相当なところまでいけるの、お主」

「とりあえずはそれが俺の目的だ。よろしくご指導ご鞭撻《べんたつ》のほどを……」

俺は道場主改め、お師匠に深々と頭を下げた。

転移して二十四時間。

魔物との初戦闘、冒険者ギルドへの登録、宿屋の確保、そして道場への入門を果たし、俺は充実しまくりのチュートリアルを終えたのであった。

第四章　異世界徒然《つれづれ》

この世界に転移して二か月が過ぎた。

俺はこの間、転移時にポンコツ神から齎《もたら》された情報を精査してきた。

この星、惑星ナンバー四は、自転や公転、衛星の数や大きさ、大気の成分に至るまで地球と瓜二《うりふた》つであった。

ポンコツ神がこの星を薦めたとき、「環境はナンバー十三《地球》と似ているので過ごしやすいと思いますよ。亜人属もいますが、基本的には人属が多いですから」と、恩着せがましくほざいていたが、

「地球を創るときに細かい設定を決めるのがメンドくなって、ナンバー四をコピって創っただけなんじゃね？　どうせ実験用の星なんだし。地球なんか……」という趣旨の質問を、婉曲《えんきょく》な表現で丁重に行ったところ、奴からは明確な返答はなかった。

どうやら図星だったようだ。

そんなわけで、俺が転移したパンゲア超大陸を擁する惑星ナンバー四は、公転周期が三百六十日、自転周期は二十四時間の星である。公転軌道の離心率も地球と同じほぼゼロだが、地軸の傾きも同じく約二十四度あるため、厳しくも美しい四季が廻《めぐ》る。

ちなみに一か月の日数はこの星の衛星ルーナが満ち欠けする周期、三十日だ。

ホントあのヤロウ、地球を創るときにこの星の設定をまるっとコピペしやがったな……。

ウキラのことに少し触れよう。

俺が転移したあの日から数え、十日と経《た》たないうちに彼女は精神の安定を取り戻した。そして一か月が経つころには宿屋を本格的に再開するまでに至った。

元々の評判がよかったこともあり、再開から数日もするとかつての常連客も戻り、宿は連日満員の盛況を呈《てい》す。

部屋数が三つしかない小さな宿とあって、俺は部屋を出ることにした。そして空いた部屋にはほかの客人を迎え入れ、俺は一階奥のウキラの部屋で彼女と同棲《どうせい》を始めた。

同棲とはいえ、なんとなくケジメとして宿代の銀貨一枚は払っている。何のケジメかといえば、俺達は夫婦ではない――という心情の発露なんだろう。

明確な婚姻制度などないこの世界。

二か月も同棲していれば周囲の大半は二人を夫婦として扱う。しかし俺達は、あくまでも宿屋の女将《おかみ》とその客という関係をかたくなに守っていた。

実際、俺はギルドの依頼や剣の稽古で疲れ果てていたし、ウキラもまた女将として宿屋を回すことに天手古舞《てんてこまい》であったこともあり、夜の営みもさほどではないのだ。まぁ、週に一度の休日前夜はそこそこ楽しんではいたが……。

休日といえば。

ウキラの宿に限らず、この世界の休日は週に一度。六日に一日の計算である。だが、休日だからといって宿は連泊客を追い出したりはしない。食事が出ず、部屋の掃除が行われないだけである。代わりにその日の宿泊料は半額の銅貨五枚となる。

俺はウキラが作る食事を共にしていたので休日であっても銀貨一枚を払い続けていたが、いつとはなしにウキラはそこから銅貨五枚分を持ち出し、俺達は彼女のオゴリで外食を楽しむようになっていた。

俺もそうであるように、彼女も俺に過度に依存しようとはしない。

夫でもない男の、それもいつふらりと消えてしまうかもしれない根無し草の世話にはならない——といったところなのかもしれないが、俺はそんな彼女の矜持《きょうじ》なり振る舞いなりをとても好ましく感じていた。

さて。一緒に外食を——ということは、連泊客がいるのに宿を空けるのか？　という疑問が生じるだろうが、結論から言うとそうではない。

ヘルプで入ってくれる顔見知りの中年女性がいるのだ。この女性は平日も三日間、午前中に出勤しては食材などの買い出しに出るウキラに代わり、受付や各部屋の掃除、洗濯などを請け負っている。

以前、午後からは何をしているのかと訊《たず》ねたところ、ほかにも手が足りない宿屋があり、同じようにヘルプに入っているんだそうだ。宿との信頼関係さえ構築できれば意外といい稼ぎになるとのことで、いろいろと逞《たくま》しい女性だ。

ただ、俺のことを「旦那様」と呼ぶのは止《や》めてもらいたいのだが……。


次に、アケフについても触れておこう。

彼の顔から青痣《あおあざ》が消えたころ、俺はアケフを連れて再び冒険者ギルドを訪れた。

「おやボクちゃん。久し振りだな！　今度は保護者連れで登録か？」

食事処《どころ》から赤ら顔をしたオークリーのヤジが飛ぶ。

この豚野郎はいつもここで呑《の》んでんな。一体いつ依頼をこなしてるんだよ？

俺は心中で毒づく。

そんなオークリーを無視し、冒険者登録のため受付へと向かうアケフに豚が近付いてくる。

困った豚野郎だ——とは思ったが、心配はしていない。

道場で修行しているアケフの姿を見て、油断してないときの彼の強さというものが身に沁《し》みて分かっていたからだ。

案の定、豚野郎のテレフォン——がないこっちの世界での呼び方は分からないが、そのテレフォンパンチを軽やかに躱《かわ》しつつ、アケフはカウンターの肘を奴の顎《あご》に叩《たた》き込んだ。

さらに、崩れ落ちそうになる豚野郎の下に素早く滑り込むと、突き上げるように肘を顔面に叩き込む。そして浮き上がった豚野郎の顎先目掛けてとどめの肘。

あーあ、泡吹いて倒れちまったか。豚野郎。

しかし肘の三連発って……顎に拳を一発合わせるだけで充分だったでしょ？　わざわざ高難度の肘を三発も合わせるとか、そんな必要なんてあった？　前に伸《の》されたことをよほど根に持ってたんだな。アケフの奴。


アケフはこの日、無事に冒険者登録を終えた。

その記念というわけでもないのだが、俺は通りの武器屋で銀貨八枚で買った数打ちの片手剣をアケフに贈った。

そんな、悪いですよ——と言う彼に、

「年長者の好意を無下《むげ》にするな。どうしても気になるなら貸しってことにしておくよ」

俺はそう応じた。

アケフはいまだ気にする素振《そぶ》りを見せていたが、それでもやはり男の子だ。実際に剣を手にすると一転して表情が明るくなる。

ふふっ、そういや公実《息子》もガキのころ、オモチャの剣を振り回していたっけ。懐かしいな。元気にしているだろうか……。

道場に戻ると、草臥《くたび》れた革鎧《よろい》を携えたお師匠が待っていた。

彼が若いころに使っていたものだという。

お師匠はこの世界基準では意外と小柄なのだ。

身長は前世の俺とほぼ同程度。お師匠の革鎧は百六十㎝台後半のアケフには少しだけ大きめではあるものの、調整すれば問題なく装備できるサイズだった。

俺がポンコツ神から授かった装備とは比べるべくもないが、それでも布の服と錆《さ》びた短剣しか持たなかったアケフとしては、冒険者として最低限のスタートを切ることができるはずだ。

そのお師匠だが――彼はかつて王都で王国騎士団に所属し勇名を馳《は》せたこの街の有名人だった。

剣の腕は騎士団随一とまで言われ、御前《ごぜん》試合で優勝したほどだが、戦争孤児からの成り上がりであったためか、平《ひら》団員のまま退役したそうである。

「いくら腕が立っても儂《わし》のような無学者には団を指揮することなぞできん。ましてや団長ともなれば、組織管理の手腕や身分に裏打ちされた礼儀作法まで求められる。儂には到底無理な話じゃて」

彼はそう言って呵々大笑《かかたいしょう》したが、こうした人材を見るにつけ、俺が幼少期から適切に育てることができていたら――といった気持ちが湧いて残念で仕方がない。

無論、そんな俺の考えは、自身の人生に満足して生きてきたお師匠に対し失礼千万であることは承知の上だが、それでも――育成ゲーマーであった俺としては、
千里の馬は常に有れども、伯楽《はくらく》は常には有らず――。

韓愈《かんゆ》のこの言葉が思い起こされてならないのだ。

だから俺はアケフにも何かと目をかけてしまうのだろう。

今世で育成するキャラは俺自身。そう決めているんだがな。


アケフについてもう一つ。

彼は自分が土魔法を使えることを知らなかった。

ステータス画面で見れば簡単に分かる俺とは違い、一般人は魔法が使えるか否《いな》かを調べるためには教会に金貨一枚を寄進し、司祭から魔道具で鑑定してもらう必要があるのだ。

アケフが無事に冒険者登録を終えて数日後。

お前には魔法の才もあるよ——そう告げた俺は、アケフを連れて教会へと向かった。

「いいんですか？　本当に？」

遠慮するアケフに金貨一枚を握らせる。

コイツは腕が立つうえに性格は善良で頭もいい。恩を売っておいて損はない……ということだけではない。

鍛えれば育つ人材を見かけると、育成ゲーマーとして、そして伯楽としての血が騒いで仕方がないのだ。有体《ありてい》に言えば息子の公実《きみざね》を夢中になって育てていたときと同じ感覚であり、加えて言えば公実《息子》同様、純粋にアケフのことも気に入っていた。

アケフが金貨を差し出すと、毛量が寂しくなりつつある痩せぎすの中年司祭が謎の魔道具に魔力を流し込む。

魔道具が淡く発光する。

数瞬後、魔道具から放たれた強烈な光がアケフを捉え、光はアケフから魔力を吸い上げていく。

すると魔道具の上に置かれたミスリル製――と、あとで司祭が教えてくれた匣《はこ》の中に、じんわりと微量の「土」が現れたのである。

鑑定後、自分が魔法持ちであったことを喜びつつも、なぜ俺にそれが分かったのか――アケフはそのことをとても不思議そうにしていた。

それは当然の疑問だが、ステータス画面のことを明かす気はない。

俺は魔素を察知する能力が常人よりも高くてな――と、無理矢理な理屈で有耶無耶《うやむや》にしたのだが、アケフはともかくお師匠のほうは随分と胡乱《うろん》げな視線を俺に向けていたものだ。

まぁ、それ以上深く突っ込んでこないのだから、善しとしようか。

◆◆◆

最後に俺のことだが――現在、俺はソロ冒険者として活動している。

ソロは報酬を総取りできるため実入りがよい……というのは単なる強がりで、剣はド素人、魔法はおサイフ魔法。そんな俺をパーティーに迎え入れてくれる奇特な奴らがいなかっただけだ。

重力魔法のことは周囲には秘匿している。

この世界で重力は馴染《なじ》みのない考え方だし、コイツは俺の切り札でもあるからだ。

一応、お師匠やアケフ、道場の連中はもちろん、トゥーラにも口止めをしている。それにどれほどの効果があるかは分からないが、彼らにだって重力魔法のすべてを明かしたわけではない。切り札としては充分だと信じたいところだ。

その重力魔法には飛躍的な進展があった。

きっかけは些細《ささい》なことである。

俺が初めてゴブリンに遭遇した街道脇の大森林。その入り口付近には小川が流れているのだが、そこには苔生《こけむ》した丸太が橋代わりに架かっていた。

重い背嚢《はいのう》を背負ってそれを渡るのが不安だった俺は、ちょっと魔力はもったいないが背嚢を軽くしたのだ。

そのとき俺はふと思った。

背嚢だけを軽くできるってことは、敵の武器だけを重くすることもできるはずだ。そうしたら奴ら、急に重くなった得物を取り落とすんじゃないか——って。

ビンゴだった。この世界にビンゴはないけれど……。

しかも、ゴブリンの全身を対象にかけていた魔力を棍棒《こんぼう》だけに絞ったことで、その効果は跳ね上がった。奴らは突如として何倍にも重量を増した得物をポロポロと取り落としたのだ。

標的が小さくなった分、狙いをつけるのは多少難しくなったが、これも日々魔法制御を鍛える中で改善していった。

加えて、嬉《うれ》しい誤算というか、さらなる進展もあった。魔法制御を鍛えたことで、発動する魔力量を細かく調節できるようになったのだ。

棍棒だけを狙うのに以前と同じ魔力量では正直オーバーキル。魔力がもったいないなぁ――とは思っていたんだ。

今では以前の半分以下の魔力に抑えているが、それでも充分な効果があった。おそらく知力が伸びれば効果もより高まるだろうし、そうすればさらに少ない魔力で済むはずだ。

この方法、得物を持たない魔物には通用しないので万能ってわけではないのだが、俺の全魔力の半分を使ってやっとこさゴブリン一体を仕留め、この先どうしようかと頭を抱えた転移直後と比べれば、重力魔法も大分使える魔法に育ったものだ。

魔法？　魔力？　絡みでもう一つ。

普通の動物と魔物の違いについてだが――。

魔物とは、身体に纏《まと》う魔素が一定量を超え、魔核と呼ばれる固形物を体内に形成するに至った生物を指す。

要は魔核があるのが魔物でそうじゃないのが動物だ。この魔核があることで身体能力が向上したり、魔法が使えるようになったりするらしい。

んで、倒した魔物の心臓付近に存在する魔核を、グロいのを我慢して取り出してはギルドに納めるのが今の俺のメインの仕事になっている。

特にどの魔物の魔核がいくらだとか、そういったことはない。あくまでも魔核の質によって判断されるのだ。同じ種であっても魔物の強さには個体差があり、強い個体ほど魔核の質はいい。

そういえば転移直後に相対したゴブリン。スゲェ素早い気がしたが、その後に戦ったゴブリンにはあんな素早い個体はいなかった。個体差ってのは結構大きいのだろう。まぁ、人間だってそうなんだから当然なんだけれど。

そしてこの魔核ってやつは、庶民レベルでは使い道なんてないんだが、支配者層や上流層の人々にとっては貴重な資源とのことだ。それらはギルドがまとめて領主に流すらしいが、具体な使い道は知らない。

それと、俺は魔核だけを納品しているが、討伐依頼が出ている魔物については討伐証明となる身体の部位を持ち帰ると報酬が上乗せされる。俺はゴブリンの耳チョンパとかイヤなんでやっていないが、この世界で生きていくためにはいずれできるようにならなければ……とは思いつつも、先送りしている今日このごろである。

そんな感じで順調な日々を過ごしていたある日のこと。

季節はすでに盛夏。俺がこの世界に転移して四か月を迎えようとしていた。

高温多湿な日本の夏と違い、乾燥して気温もそこまで高くないこの地では、風がそよぎ陽光が翳《かげ》る森林内は快適と評しても差し支えない環境だ。魔物との陰惨な殺し合いさえなければ森林浴の趣《おもむき》すら漂う。

そんな大森林で常の如《ごと》く殺し合いに勤《いそ》しんだ俺は、戦利品の魔核をギルドに納めると、併設された食事処でエールを一杯ひっかけてウキラの宿へと帰る。

そこまではいつもと変わらぬ日常だった。

が、宿に着いた俺を出迎えたのは、転移したあの日と同じように奥の部屋ですすり泣くウキラの姿だった。

「どうした？」

と、努めて穏やかに声をかけた俺に、絶望に打ちひしがれた表情で彼女は振り返る。

これは深刻な話になりそうだ……。

俺はゆっくりと彼女に近付くと優しく肩を抱く。

ごめんなさい——絞り出すようにそれだけを呟《つぶや》き、彼女はまたも嗚咽《おえつ》する。

これは急《せ》かしちゃダメなやつだな……。

俺は彼女を抱き締めると、銀糸の如き艶《つや》やかな髪を撫《な》ぜ続ける。

それから五分ほど経っただろうか。

ようやく涙を乾かしたウキラは少し落ち着きを取り戻し、訥々《とつとつ》と語り始めた。

「あの人が逝ってしばらく経ってからなの……」

ウキラの告白はありがちなものだった。

だがそれは、解決のための難易度には比例しない、なかなかに厄介な話でもあった。

夫の死後。宿を休んでいた間、そして再開に向けて動く中、どうやら彼女は質《たち》の悪い金貸しに絡めとられたらしい。

借りた額は金貨で十枚。前世の貨幣価値にして百万円程度。

宿の当座の回転資金だったそうだ。

しかし、ウキラが持つ借用書、そして今日宿を訪れたという金貸しが置いていった請求書を見て、俺は眩暈《めまい》を覚える。

もとより法定利率など存在しない世界だが、そこに記されていた利率はいわゆるトイチ——十日で一割だったのだ。のちに聞いた話では、トサンやトゴでなかったのは不幸中の幸いとのことで、前世と比べれば法外でも今世基準ではまだ救いのある数字なのだという。

とはいえ、すでに返済額は三倍以上に達し、請求書には金貨三十五枚と記されていた。

単利ならばまだしも複利計算だ。算術に長《た》けた人間が少ないこの世界で、複利計算といわれても しがない宿屋の若女将に理解できるわけがない。

どうやら親切ごかしてウキラに近付き、いいように言いくるめたらしい。

しかも、借りるのは金貨五枚で構わない——そう言ったウキラに、

「宿を担保にするから十枚でもいいんだぞ？　だが五枚借りておいて、あとになって追加したいと言っても、ほかに担保がなければ貸せないからな」

そんなセリフで不安を煽《あお》ったという。

ったく。夫に先立たれ、寄《よ》る辺《べ》のない未亡人の弱みに付け込みやがって……と怒りがふつふつと湧いてきたが、あれ？　はたから見ると俺もそう思われているのか？　と考えると、なぜだか急にいたたまれない気分になってきた。

そんな俺の心情はさておき――。

これはあまり時間をかけていられないな。時が経てば経つほど雪だるま式になるやつだ。なにせ借りて一年後には金貨三百枚にまで膨れ上がってしまうのだから。

今の金額であれば俺の持ち金を吐き出せばどうとでもなるが、これまでの彼女の振る舞いを考えるにそれを望むとは思えない。彼女の矜持のためにも、できれば彼女自身が返済できる手立てを考えてあげたい。

それに……だ。そもそも金を返せばそれで済む相手とは思えないのだ。骨の髄までしゃぶってやろうと待ち構える狡猾《こうかつ》な相手だ。用心するに越したことはない。

さて、どうしたもんかな……。


四日後。

領都コペルニクの夏にしては珍しく、ジメリと纏わりつく不快な空気が支配する日。

すべての準備を整えた俺はトゥーラとアケフに同行を乞い、ウキラと共に金貸しの元を訪れていた。

ぶよぶよと太った醜い豚――金貸しはまさにそんな男だった。そしてその手下の大柄で筋肉質な強面《こわもて》が四人。脂肪分はすべて金貸しが吸い上げているのだろう。

「おや、これはこれは宿屋の若女将。大人数でどうされました？　もしかして返済ですかな？」

不自然なほどのつくり笑顔を張り付けた金貸しが、ねっとりとしたイヤらしい口調でウキラに語りかける。

チッ！　返済できないことは分かっているくせに白々しいことを……。

俺はウキラを下がらせ、金貸しと対峙《たいじ》する。

「ここから先は俺が——ウキラの代理人として対応させてもらおう。こっちの男は俺の友。そして
そちらはウキラの姉だ。——で、もしかしなくても返済に来たんだが何かマズかったかな？」

「あなたはたしか……宿に住み着いている若女将の情夫殿でしたか？」

俺のことも調べがついているってか？

「俺のことはどうだっていいさ。それよりもどうなんだ？」

「まさか本当にお返しいただけるので？」

「まぁな。だが、その前にあえて訊《き》こう。アンタは本当にそれを望んでいるのか？」

金貸しの眼が鋭く光った。

コイツらの手口はこの四日間でリサーチ済みだ。言葉巧みに獲物に接近しては金を貸し付け、返
済不能に陥ると態度を一変。最終的にはケツの毛まで毟《むし》る碌《ろく》でもない連中だった。

トイチという今世の闇金の中では良心的（？）な利息にもちゃんと意味がある。狙いは借り手の
心理的ハードルを下げること。そうして貸し付けておいて、返済できない額になってからやおら取

り立てるというわけだ。

俺は続ける。

「本当の目的は宿の土地じゃないのかい？　アンタが金貨三十五枚程度で満足するとは思えないからな」

俺の言葉にしばらく黙していた金貸しだったが、そこまでバレているのなら仕方がない——そんな感じで表情を変えていく。緩んだ肉体とは正反対の鋭い目つき。だが口元には嗜虐《しぎゃく》的な笑みを残し、金貸しは語り始める。

「そりゃ私も商売人ですから。儲《もう》けは大きければ大きいほうがいいですがね。できればあの土地と……ついでに若女将のカラダも手に入ればそれに越したことはないですよ？　若女将ならまだまだ稼げそうですから」

金貸しはニヤリと下卑た笑みを浮かべ、視線でウキラの肢体を舐《な》めまわす。彼女は震える身体を俺に預けてきた。

「ようやく本音が出たな。だが、残念ながら今日は本当に金を返しに来たんだ。アンタにウキラは渡さないぜ？」

「強がりを言いなさんな。若女将に返済能力がないのは分かっているんですよ？　そしてここまで利息が膨らんでしまえば、あの土地だけでは担保としては不充分。若女将にはもうひと働きしてもらいませんとね。あぁ、その前に私も楽しませてもらいますよ。亭主が死んでひと月も経たないうちに新たな男を引き込むような人だ。若女将もお好きなんでしょう？」

てめぇ！　と思わず怒りの声をあげた俺に、おお怖い——と金貸しはふざけた口調で返し、言葉を継ぐ。

「それとも……まさかFランクの冒険者風情がそんな大金を用意できたとでも？」

「あぁ、そのまさかだよ。今日でちょうど四か月。請求書には金貨三十五枚とあったが、正確には三十二、三枚ってところだろ？　こっちが計算できないと思ってぼったくりやがって。——が、今回は特別サービスで三十五枚くれてやる。端数は手切れ金だ！」

俺は卓上に金貨入りの革袋を放る。

「おや、あの計算《複利》ができるとは。あなた随分と学がおありのようで。……ふむ、どうです？　よかったら私の下で働きませんか？」

悪びれもせずスカウトまでしようとする金貸しに、俺の怒りはさらに高まる。

「ふざけんなよ？　それよりも返済だ。キッチリ受け取ってもらおうか」

手下に開けさせた革袋の中身をチラリと見た金貸しは、少し意外そうな顔をした。俺が本当に用立てられるとは思わなかったんだろう。

「私としてはもう少し稼ぎたかったんですが……」

「こっちは金は用意したんだ。そんな勝手は通じないぜ？」

「ですが——この場を支配しているのは私ですよ。最後は力がすべて。後ろの坊や——ご友人とのことですが、護衛なんでしょう？　まぁ、そんな坊や一人だけでは意味がありませんがね」

金貸しはアケフを見遣《みや》り、手下の男に指示を出す。

奥の間へと消えた男は、すぐに三人の仲間を引き連れて戻ってきた。

「さて、これでこちらは八人。若女将も素直に借金地獄に陥っていれば——そしてあなたはそんな女はさっさと見捨てて逃げていればよかったものを……無駄な手間をかけさせるものじゃありませんよ。こちらだって本当はヤバい橋なんて渡りたくないんですよ？」

そう言うと金貸しは改めて金貨入りの革袋を眺めながら続ける。

「この金貨はその手間賃としていただくとしましょうか。あぁ、本来の返済額は宿の土地と若女将のカラダで払ってもらいますからご安心を。それと——情夫殿からはご丁寧に手切れ金までいただいたことですし、特別サービスでこの世との手切れをお手伝いして差し上げますよ。もちろん後ろの坊やも……ね？」

金貸しは手下に視線を送る。

あーあ、やっぱこうなったか。

こっちの世界の闇金なんだ。真っ当なわけがないんだ。

にしても、金を用意できなければ宿屋とウキラをカタに取られる。用意できたら命を取られる
……って、どんな世紀末な世界なんだか。

俺がアケフに視線を送ると、それを合図に彼は動く。

手下の一人を突き飛ばしたアケフは脱兎《だっと》のごとく屋外へと駆け出していった。

「おやおや、お仲間の坊やは逃げ出してしまいましたか。なかなか賢い坊やだが……」

勝ち誇った口調の金貸しが口の端を吊《つ》り上げ、そして叫ぶ。

「捕らえなさい！」

その命令に、手下の三人が即座にアケフを追う。


……が、しばらくして戻った手下の横には、アケフだけでなく心底面倒臭そうな表情のお師匠とその弟子数人も立っていた。無論、捕らわれの身になっていたのが手下のほうだったのは言うまでもない。


「ったく。こんな面倒事に儂を巻き込みおって……」

ボヤくお師匠に頭を下げつつも、俺は金貸しにドヤる。

「さて――これで形勢逆転だな」

お師匠はかつて王都で王国騎士団に所属し勇名を馳せたこの街の有名人。使わない手はない。この件をアケフに話して頼んだところ、彼は片手剣や魔法鑑定の借りを返すいい機会だと、喜び勇んでお師匠を巻き込んでくれたのだ。

「アレはちょっと厄介ですぜ？　ハーミット《お師匠》のジイさんです」

手下の一人がボソッと告げると金貸しは唸《うな》る。

「ふむ……アナタがいるんじゃ少し分が悪いですね。分かりました。今日のところはこちらの負けで結構です。皆さんお帰りになって構いませんよ。あぁ、でも借金は返済してくれるんでしょう？その金貨は置いていってくださいね？」

そう告げる金貨しに、俺は余裕の笑みを浮かべる。

やはりお師匠という最高戦力があることはとても心強い。お師匠の威を借る俺は意気揚々と言い返す。

「金を置いて帰れだ？　それなら引き換えにそっちの証文を寄越すのが筋だろう？」

金貸しはあからさまに渋面《じゅうめん》をつくった。

俺はその面《つら》に次のセリフを叩きつける。

「こっちが世間知らずの若造だと思って舐めんなよ？　お前らを相手に杜撰《ずさん》な対処はしないから安心しな」

なにせこっちは前世で半世紀も生きてきたオッサンだ。

金だけ回収して証文を渡さないなんて姑息《こそく》な手段を許すわけがない。

そしてこの手の連中を相手にするとき、証文を回収するだけで安心してはいけないことも俺は承知していた。この件から完全に手を引く――そう確約させるだけの何かがなければ、今後もいろいろと面倒な手出しをされる可能性が残り続ける。

当然、それに対する策も準備万端だ。

「トゥーラ、頼む」

俺の言葉にトゥーラが進み出る。

「たしか若女将の姉――とか言いましたか？　いったい何を？」

数的優位を覆され、口先三寸の拙《つたな》い謀《たばか》りも看破された金貸しに対し、トゥーラは鋭い眼光もそのままに事務的な口調で冷酷に告げる。

「私の妹を相手に随分と阿漕《あこぎ》な手を使いましたね？　利息分も含め、借りたお金を返済するのは仕方がないとしても、今後もまだ何か仕掛けてくるようなら……次は冒険者ギルドがお相手しますよ。ああ、申し遅れましたが、私はギルドの関係者です。そしてこちらはギルマスからの指示書。どうぞご確認ください」

ギルマスが署名したギルドの刻印入りの書類を提示すると明らかに金貸しが怯《ひる》んだ。

おおっ、どこぞの中納言の印籠《いんろう》のように効果覿面《てきめん》だな。

「今は姉として――ではなく、ギルドを代表してここにいます。そちらもそのおつもりで」

そう。俺は返済の後ろ盾として、ギルドも巻き込んでいたのだ。

いかにエグいレベルで報酬をピンハネしようとも、あるいはそういったことも含めてギルドに貢献しているからこそか、意外にも冒険者ギルドは純然たる冒険者のための組織だった。

そしてこの手の組織にありがちだが、農家のための組織であるＪＡにＪＡバンクがあるように、冒険者のための組織であるギルドには冒険者を相手にした簡易な金融機能が存在した。

俺はウキラの返済資金を、ギルドから調達したのだ。

担保はウキラの宿。

すでに金貸しの担保として――前世で言うところの一番抵当を打たれた状態だったが、元金はたかだか金貨十枚。利息を含めても三十五枚でしかない。それを本来の資産価値から差し引いても充分な残余がある。そう査定したギルドは、金貸しに即時返済する――という条件付きで金貨三十五枚を貸してくれた。トゥーラはその条件の見届人でもあるのだ。

さっき金貸しは、あの土地だけでは担保としては不充分とかなんとか言っていたが、明らかに嘘《うそ》だ。実際に追加で資金を融資してくれた以上、ギルドが算出した資産価値のほうが正確に決まっている。

そのギルドから借りた金で借金を返済すれば金貸しの一番抵当は外れる。それはつまり、ギルドが一番抵当者として宿を担保に金貨三十五枚を貸している状態になるということだ。

そんな物件に再び金貸しが手を出せば、次はギルドとコトを構えることになる。金貸しとしても簡単に手を出せないだろう。

さて、この手法だが——前世で言うところの借り換えのようなものだ。

例えばA銀行から利息五％で百万円借りているとき、B銀行が利息三％で百万円貸してくれるのなら、B銀行から百万円を借りてA銀行に返すだけで同じ百万円の借金でも利息が五％から三％に下がるって寸法だ。

この手法にウキラの姉であるトゥーラが協力的だったのは当然のこととして、ギルマスも俺がいいトコの坊ちゃんだと勘違いしている節があり、融資はすんなりと決まった。

トイチだった利息が年で十％になれば御《おん》の字《じ》だろう。

しかもトゥーラは、担保がしっかりしている案件ならギルドの事業拡大にも使えますね、この借り換えって手法——とかなんとか言っており、ギルドに新たなビジネスモデルを齎したとして俺はなぜか感謝までされてしまった。

……というわけで、俺が絵図を描き、アケフとお師匠以下が荒事を担当し、冒険者ギルドがケツ持ちをした「ウキラ救済作戦」は、ここに無事完結した。

金貸しのほうもお師匠や冒険者ギルドを敵に回してまでウキラの宿を巻き上げたいわけではない。今後、俺達に何かあれば彼らのメンツを潰《つぶ》すことにもなるのだから、これ以上、下手なことはしないはずだ。ウキラには少し未練がましい視線を送っていた金貸しだったが、こちらだってトイチ分の利息も含めて金は返すのだ。普通に考えればそこで手打ちだ。

ウキラにしても年利十％なら金貨三十五枚は返せない額じゃない。なんたって、毎日銀貨一枚を宿に落とす俺という固定客がいるのだ。それだけで年間で金貨三十六枚分にもなる。必要経費云々《うんぬん》を考慮しても、ほかの客からの収入も含めれば二年もあれば返済できるだろう。

すべてが終わり宿でウキラと二人きりになったとき——。

「本当にありがとう、ライホー。あなたがいなかったら、私どうなっていたことか……」

「当然のことさ、ウキラ。……ってか、俺はようやくお前に借りを返せた気がしているんだ」

そんな俺の言葉に疑問符を浮かべるウキラ。

貸しなんてあったっけ？　——ってな表情の彼女に俺は答える。

「俺が初めてこの街を訪れたときのことさ。俺だってしばらくの間は右も左も分からず正直不安だったんだぜ？　そんなときお前の存在がどれだけ心強かったことか……」

俺はウキラの肩に手を置いて言葉を継ぐ。

「少し遅くなったが、改めて礼を言わせてくれ。そしてこれからもお前と助け合って生きていきたい……俺はそう思っているんだ」

俺のクサいセリフにウキラははにかんだ笑みを浮かべると、照れ隠しのためか俯《うつむ》いて俺の胸にちょこんと頭をつける。

俺はさらに続ける。

「今日のことだってそんなに恩に着る必要なんてないさ。俺は策を出しただけなんだから。トゥーラやギルド、それにアケフやお師匠の助けがなけりゃ、結局どうすることもできなかったしな」

「そんなことないよ！」

急に顔を上げてそう言うと、ウキラは真剣な眼差しで俺を見詰める。その視線には何か今までとは違う、俺への信頼の成分が含まれている気がした。

さて、これで一件落着。

ではでは……お楽しみタイムといきますか。金貸しの――お前にウキラは渡さねーよ！

ウキラ――と囁《ささや》き、俺が彼女に顔を寄せたそのとき。

「ライホー、実はあなたにお願いがあるの……」

ウキラは強い意志を湛《たた》えた瞳を向ける。

「この先……あなたの手が空いたときで構わないから、私に算術を――そして社会のことを教えてほしいの」

「へ？」

「私、何も知らなかったから。算術のことも社会のことも、それ以外のことも。夫が生きていたころは彼に全部任せて、私は宿でお食事をつくってお掃除だけしていればいい……そんなふうに思っていたの。でも――」

と、その瞳にさらに強い意志の光を宿し、彼女は言葉を継ぐ。

「それじゃダメなんだって気付いた。この宿の女将として必要な知識、それを教えてほしい。あなたにはそれがあるんでしょう？　今日のことだって、たしかにおねーちゃんやアケフ君の助けがなきゃダメだったかもしれない。けれどそれはあなたの知識や智慧《ちえ》があってこそ。私はそれを学びたいの」

なるほどねぇ。今回の件を経て、宿の経営者としての自覚が芽生えてきたってところか。

まぁこっちの世界の算術ならば九九と簡単な割り算程度で充分だろうから、俺でも余裕で教えられる。経営のほうだって、俺はあっちの世界でそのための学問を修めたわけじゃないが、こっちレベルならどうとでもなるだろう。

「分かった。俺にどれだけのことができるか分からないがやってみるよ」

「ありがとう、ライホー」

ウキラは嬉しそうに俺に抱きつく……が、すぐに離れると明るい声で宣《のたま》う。

「それじゃ、早速これからお願いね！」

えっ!?　今すぐ？　お楽しみタイムは？

幕間　一年

転移から一年が経過していた。

この間、俺は冒険者ギルドの依頼を地道にこなし、半年前には冒険者ランクをEに上げた。

初心者ランクであるFランクからEランクへは、よほどのことがなければ半年程度で昇格する。前世でも半年間は仮採用期間とする企業は多かったが、要は半年間よく生き延びたね——というご褒美で、Eランクからが本当の戦いである。

次のDランクへの昇格は、依頼の達成数や達成率、そしてギルド職員からの評価によって決まるらしい。俺は今世よりも格段に品のある振る舞いが求められた前世での経験があるから、トゥーラを含めたギルド職員からの評判は上々である。

加えて、最近では「ゴブリンスレイヤー」という格好悪い二つ名で呼ばれるほど、俺は地道にゴブリン狩りに勤《いそ》しんできた。

あの大森林には相当数のゴブリンがたむろしているようで、街の兵士により定期的な駆除も行われているが、俺がゴブリンを狩るペースは相当なものであるらしく、最近では街道の安全がある程度保たれているため、駆除の頻度は以前の半分とのことだ。

門番の兵士などからは、楽させてもらってるぜ——と感謝の言葉を受けることもあり、ギルドや兵士達からは地味に評価されつつある。

そんなわけで、あと数年もすればDランク……と期待しているところだが、どうやらEランクからDランクへの昇格は五年近くかかるのが一般的なようだ。

ただ、これには、どれほど才能があっても十八歳になるまではDランクには昇格させない――とするギルドの方針が関係している。

ほとんどの冒険者はこの世界の成人である十五歳から活動を始める。そのため、どれほど才能を有する者であっても、制度上Dランクになるまでにはどうしても三年程度はかかってしまうのだ。

その理由をトゥーラに訊《たず》ねたところ、成人しているとはいえ身体はまだ成長期であり、その間はあまり無茶な依頼はさせない、そして少年から青年へと成長する過程で形成される人格を見極めるためにはある程度の時間を要する――ということらしい。

まぁそうは言っても、あのオークリー（豚野郎）がCランクな時点でお察しではある。

結局、不必要な殺人をしないだとか、過度な暴力を振るわないだとか、窃盗や強姦《ごうかん》の常習犯ではないだとか、前世と比較すると滅茶苦茶緩い基準のようだ。

スゴイよね。アケフへのあの暴行は過度な暴力に当たらないってんだからさ……。

そういやあんとき、素手同士だからとかなんとか言ってたな。トゥーラの奴。ダンビラ振り回すとアウトー！　って感じなのかしら？

そうそう、そのオークリーの豚野郎だが、彼は冒険者を引退した。

魔物との戦いで痛めた脚の関節の治りが芳《かんば》しくないらしく、四十歳を迎えたこともありこのまま危険を冒すよりは……ということらしい。

今ではちゃっかりとギルドの解体の職にありつき、搬入される魔物の解体に勤しんでいる。ギルド職員としてはトゥーラの後輩ということになる。

表面上の単細胞なイメージとは異なり、意外と如才のない男だ。痩せても枯れても一応はCランク冒険者。こういった、引き際を心得ているというところも、ある意味ではあの男の才能なんだろう。人格は碌《ろく》でもなかったがね。

ちなみにオークリーと同じCランクになるためには、昇格試験に合格する必要があり、Bランク以上はほかにも何か条件があるようだ。そこら辺はトゥーラに追々訊《き》いていこう。


冒険者として生きる以上、ランクは高いほうがいい。

依頼は基本的にランクフリーで、たとえFランクであってもAランクレベルの依頼も受けられるが、ギルドが定めた推奨ランク未満の場合、前金は貰《もら》えない。あくまでも成功報酬のみである。そして結果として生きるか死ぬか、あるいは成功するか失敗するかはすべて自己責任となる。

しかし、失敗したら冒険者自身が野垂れ死ぬだけにとどまらず、依頼者自身にも危険が及ぶ護衛依頼などはランクを指定することが一般的だ。

そのため、ランクが高ければ受けられる依頼は増えるし、ランク指定の依頼には割増料金も設定されているので報酬も多い。

また、例えば街の有事の際などは、ランクにかかわりなく全冒険者がギルドから強制的に動員されるため、あえてランクを低く抑えるメリットも薄い。無論、そのときの任務の難易度はランクによって異なるが、病気や怪我《けが》でもなければ基本的に逃げることはできないのだ。

そんなことをすればもうギルドから仕事を請け負うことはできないし、国中のギルドに手配書を回されてしまう。

容姿と名前を変え、またFランクから始める覚悟があればそれはそれだが、苦労してDランク以上になった冒険者が再びFランクから――というのは意外と酷なことのようで、そこまでするくらいなら素直に動員令に従ったほうが得なのだ。

いずれにせよ、あえて低ランクに留《とど》まる意味合いが薄い以上、冒険者は上を目指す。

果たして俺はどこまで行けるんだろう？

このリセマラなしの一発ゲーの世界で――。


そんなある日。

俺はお師匠に文字どおりの真剣勝負を挑んだ。

この一年で重力魔法の扱いは向上し、ゴブリン狩りにも慣れてきた。もはやゴブリン数匹程度を相手に負けることなど考えられない。

そんなわけで、そろそろ重力魔法も含めた俺の真の力量を測りたかったのだ。

魔法を全開にして戦うため、お師匠とアケフ以外は人払いしてもらっている。

さて、そろそろ始めようか――俺はアケフに視線を送る。

彼が試合開始を宣すると同時に、俺は全力の重力魔法をお師匠の剣に向けて放つ。

魔力残量を気にせず――試合後に確認したところ、八割もの魔力を使って放たれたそれは、正確無比にお師匠の剣を捉える。

お師匠は一瞬驚愕《きょうがく》の表情を浮かべたのち、思わず剣を取り落とした。

ズシャッ――切先から落下したそれは、剣身の半ばまでが地面にめり込んでいた。

即座にお師匠の間合いへと踏み込んだ俺は、上段から剣を振るう――が、お師匠の頭上で寸止めするつもりで振るった俺の手からは、いつの間にか剣が消えていた。そしてニヤリと笑うお師匠の手にはなぜか俺の剣があった。

何を言ってるのか分からないと思うが、俺も何がどうなって……まぁ、真剣白刃取りってやつなんだろう。マジでやる人なんて初めて見たが。

「ほほっ、儂《わし》が剣を落としたところで油断したのう。寸止めするつもりであったことを差し引いても、元々甘い剣筋がさらに甘くなっておったぞ！」

「ですね。自覚はしていますよ」

「ならばよい。次に活《い》かせよ。それにしてもお主のその魔法――とんでもないものじゃの。まさかこの儂が剣を取り落とすとは……」

「お師匠にそう仰《おっしゃ》っていただくと自信になります。ですがお分かりかと思いますが、このことはどうかご内密に」

「分かっておる。まさか身体全体ではなく、剣だけを重くできるとはのう。ところでアケフは知っておったのか？」

「ええ。アケフには試したのでお師匠で二人目です。あーあ、アケフにはこれで勝ったんだけどなぁ」

「ふん、まだまだ弟子に負けるわけにはいかんわい！」

お師匠はそう言いつつも、若干引き攣《つ》った表情を浮かべていた。

どうやら俺の魔法戦士としての力量は満更《まんざら》でもないようである。

◆

アケフの年頃の若者は成長が早い。

出会って一年が経《た》つころには、彼はこの国の男性平均にまで身長が伸びた。

そして数か月前——俺がEランクに昇格した翌月には、彼もまた同じEランクに昇格した。剣のほうは若さから生じる未熟さがときに顔を出すものの、そのセンスは万人が認めるところで、まさに冒険者ギルドの若きエース候補だ。

そんな彼は、この街で最も前途有望とされるCランクパーティー『ハイロード』にスカウトされた。彼らはすでにパーティーとしてのBランク昇格も視野に入るほどの逸材揃《ぞろ》いだ。

パーティーリーダーで勝気《かちき》な表情の女戦士とゴツくて寡黙な盾士の男の二人が前衛。細身の美人エルフが弓士として中衛を受け持ち、神経質そうな魔導師の男と朗らかな表情の治癒師の男が後衛という絶妙なバランスのメンバーに、アケフは六人目として加入したのだ。

ちなみに魔導師の男はアケフの魔法の師にもなっているそうだ。

魔法は適性があればすぐに使えるというわけではない。同種の魔法を使う者である必要はないが、魔法の扱いに長《た》けた者から魔力の集め方や放出の方法などを学ぶ必要があるらしい。

俺はポンコツ神の転移特典で当初から自然に使えていたが、本来ならばアケフのように誰かに師事して学ぶことが一般的なようだ。

そんなわけで、徐々に土魔法の修練も始めたアケフが魔法で飛礫《つぶて》を放つようになると、俺が魔法を全開にして戦っても勝ちに持ち込むのが精一杯になってきた。

しかしお師匠は、基本的にアケフには魔法を使わせない。特に道場では自身の剣を極めることを優先させ、魔法はあくまでも補助的な役割に限定した。

そのほうが結果的にはアケフのためじゃ。いずれお主も納得するであろう――と、なぜかお師匠は俺に言った。

まぁ、アケフの魔法鑑定のために金貨一枚も奮発した俺への配慮なんだろうが、アケフとは逆に、俺のほうには積極的に剣と魔法を組み合わせた戦い方をするよう、お師匠は勧めてくる。

多分、剣の才能ないんだろうな……俺。

それにしても……剣の天稟《てんぴん》と魔法の才を有し、有能な師に恵まれ、将来有望なパーティーからも誘われる。アケフさん、アナタもしかして主人公ですか？

俺なんか誰も誘ってくれないのにさ……スンッ！


アケフがパーティーに加入してひと月ほどのち。

加入祝いとしては少し時機を逸した感はあったが、アケフがお師匠から譲り受けた革鎧《よろい》が窮屈な感じになっていたことに気付いた俺は、俺がワイバーンの革鎧に代えて使っていた安物の革鎧をアケフに譲った。

まだまだ身体が大きくなる時期だ。成長が止まるまでは身体にフィットした鎧を発注するより、こうしたお下がりで凌《しの》いだほうがいいだろう。

このころになると俺のほうは、お師匠に師事していることやアケフとの関係もそれなりに知れ渡り、妙な因縁をつけられることもなくなっていた。そんなわけで俺もそろそろワイバーンの革鎧デビューを考えていたのだ。

それとほぼ同時期。お師匠はアケフに秘蔵の剣を贈った。

それは魔力との親和性が高いとされるミスリルを鋼に混ぜて打った逸品で、魔力を通すことで斬れ味や硬度が格段に上がるという業物であった。かつてお師匠が御前《ごぜん》試合で優勝した際、国王から下賜されたものであるという。

こんなモンを隠し持っていたんなら、そら土魔法よりも剣の腕のほうを磨かせるわ。アケフのほうがお師匠よりも魔力の値が高いから、使い勝手もいいだろうしな。

こうしてアケフは、ハイロードのエースアタッカーとなるべく、さらなる研鑽《けんさん》を重ねていったのであった。

第五章　緊急依頼

ギルドから緊急依頼が発せられた。

それは数年に一度は発令され、さほど珍しいものではないのだが、俺が転移してからは初であった。ちょうどアケフに安物の革鎧《よろい》を譲り、ワイバーンの革鎧に替えてしばらく経《た》ったころのことだ。

今回の依頼は、大森林の深層部に生息するはずの魔物が街道にまで多数出現したことを受け、その駆除と原因の特定、そして可能であれば解決までを求めるものだった。

俺が転移したこの街はパルティカ王国の貴族、コペルニク伯爵が治める領都。

パンゲア超大陸北西部、パルティカ王国の西海岸に迫《せ》り出した小半島に位置するこの街は、南東方向の王都とは大街道と大河で結ばれ、北東方向は大森林を経て北方諸国家群へと至る街道が敷かれた交通の要衝である。

領主であるコペルニク伯爵は、この北方諸国家群へと通じる北国街道の危機に際し、即座に緊急依頼を発したのだ。


「Aランクと Bランクは森の深層部で原因を調査。可能であればその解決を。現場での細かい判断は各々《おのおの》に一任！」

ギルドの食事処《どころ》に集まった冒険者達を前に大音声をあげたのは、ギルドマスター。

彼の前には各パーティーのリーダーと俺のようなソロの冒険者合わせて五十人ほどが集結し、その指示を待っていた。食事処に入りきらないほかのパーティーメンバーは、依頼の掲示ボード前や屋外の通りにまでたむろして聞き耳を立てている。

総勢で三百人になろうかという冒険者達が集う中、ギルマスは続ける。

「ほかの連中は浅層部に展開して可能な限り魔物を狩れ！　だが無理はするな。すべてを仕留める必要はない。街道に出たのは領兵に任せろ！」

単純明快である。冒険者達にはこのくらいの指示でちょうどよい。どうせ緻密な指示を出しても守ることはできないし、彼らの持ち味も殺してしまう。

「ただし！　Fランクと十八歳以下、そして元D以上のギルド職員は俺と共に北門で待機。領兵を抜けて門に迫る魔物がいれば駆除！」

すでにコペルニク伯爵は北門前方に領兵を展開しつつある。伯爵自身も親衛隊と騎士団を率いて兵士達の後方に陣取っているらしい。

兵士は集団戦。騎士団は機動戦。それが彼らの持ち味であり、森林や荒地での乱戦には適さない。その手の戦いは冒険者の十八番《おはこ》だ。

常日頃、大森林で狩りをしている俺達には地の利もある。

「ライホー、アンタはアタシらのパーティーに入れとさ。ギルマスからの指示だ。アケフの代わりだとよ」

有無を言わせぬ口調で俺に語りかけたのは、アケフが加入しているパーティー『ハイロード』のリーダー、キコであった。

いくら腕が立つとはいえ、アケフは十六だ。彼は北門の待機組に入れられている。

ここら辺はギルド組織の硬直性というよりは、待機組にも少しは手練《てだ》れが必要――という事情もあるらしい。冒険者稼業から足を洗った元Cランクのギルド職員オークリーなども、一般的なEランク冒険者よりよほど戦力になるが、あくまでもギルド職員として待機組に属している。

アケフもその辺は弁《わきま》えていて不満を吐くことはないが、注目の若手有望株であるアケフが抜けることで、ハイロードの戦力は確実に落ちる。大森林深層部の魔物を相手にするには、安全のためにもアケフに代わる前衛がもう一枚は欲しい。どうやら俺の役割はそれであるらしい。

アケフに比されるとは俺も随分と高い評価を受けたもんだが、ギルマスとしてはこの機会に謎だらけのソロ冒険者の真の実力を把握しておきたい……ってな思惑もあるんだろう。

キコは続ける。

「アンタにはウチの魔法組の護衛に付いてもらいたい。アケフと比べると剣の腕は数段落ちるようだが、ホントは強いんだって？　アケフがよく言ってるよ」

「無論足手纏《あしでまと》いになるつもりはないが、俺の戦い方はちょっと特殊でな。あまり余所《よそ》で吹聴してほしくはないんだが……」

「あぁそれは当然だね。臨時とはいえパーティーを組んで命を預け合うんだ。その間に見聞きしたことは無闇に口外しないさ」

「助かるぜ。俺は武器持ちをメインで相手取りたいんだが、それで構わないか？」

「あぁ。ちょこまかと煩《わずら》わしいゴブリン共がウチの後衛に襲いかからないよう、よろしく頼むよ。ゴブリンスレイヤー！」

「大物はアンタらに任せるさ。こちらこそよろしくな」

俺はハイロードの面々と握手を交わすと、北門前に展開する領兵達の間を抜けて大森林へと向かった。

現場に着くまでの間、俺はハイロードの連中のステータスを確認していた。

さすがはこの街で最も前途有望とされるCランクパーティー。揃《そろ》いも揃って能力値は高い。まだ若いからこの先も伸びる余地はあるだろう。

そして個々の能力が高いのはもちろんだが、なんといってもパーティーとしてのバランスがいい。ここにアケフが加わればBランクパーティーと比較しても遜色ないんじゃないか？　しかも六人中、四人が魔法持ちって……スゲェな。

名前　キコ（戦士、勝気《かちき》、ボサボサ赤毛の残念美人）
種族　人属
性別　女
年齢　25
魔法　生活魔法

	【基礎値】	【現在値】
体力	11	10
魔力	7	6
筋力	11	11
敏捷《びんしょう》	12	9
知力	8	8
合計	49	44

名前　イギー（盾士、寡黙、身長百九十cm以上）
種族　人属
性別　男
年齢　26
魔法　生活魔法

	【基礎値】	【現在値】

体力	12	11
魔力	6	5
筋力	13	13
敏捷	7	4
知力	9	9
合計	47	42

名前　イヨ（弓士、超絶美貌、多分平坦《へいたん》（要確認！）、体調不良？）
種族　亜人属　エルフ種
性別　女
年齢　21
魔法　生活魔法、空間魔法

	【基礎値】	【現在値】
体力	8	6
魔力	6	5

筋力	9	8
敏捷	14	11
知力	8	7
合計	45	37

名前	パープル（魔導師、スカシイケメン、間違いなくイヤミ野郎《あくまで個人の見解です》）
種族	人属
性別	男
年齢	27
魔法	生活魔法、火魔法、風魔法

	【基礎値】	【現在値】
体力	7	6
魔力	13	12
筋力	5	5
敏捷	8	7

知力	15	15
合計	48	45

名前　モーリー（治癒師、穏和《おんわ》、聖職者のお手本のよう）
種族　人属
性別　男
年齢　23
魔法　生活魔法、治癒魔法

	【基礎値】	【現在値】
体力	7	6
魔力	11	10
筋力	7	7
敏捷	8	6
知力	12	12

合計　45　41

……ってか、なにげに名前欄、便利だなー。特徴とかもメモれるなんてさ。

少し早めに街道を逸《そ》れ大森林に分け入った俺達は、腰よりも高い藪《やぶ》を掻《か》き分けて進む。噎《む》せ返るような新緑の香りと黴臭《かびくさ》い土の臭気が混じり合い、その濃密な空気で鼻がバカになりそうだ。これは嗅覚頼りの索敵を行う者には難儀だろう。

そんな中、パーティーの先頭は俺と戦士のキコ。そして中団にはパープルとモーリーの魔法組、遊撃的に弓士のイヨを配し、最後尾は盾士のイギーといった布陣である。

キコは盾代わりにも使える幅広の両手剣、俺は片手剣で草木を薙《な》ぎ払う。パープルは何かしらの魔核が組み込まれている杖《つえ》で蜘蛛《くも》の巣を払い、モーリーは鎚矛《つちほこ》で足元の邪魔な枝を叩《たた》き潰《つぶ》して退路を確保する。イヨはときに樹上から索敵しつつ並走し、イギーはバックアタックに警戒しながら最後尾を守る。

先行していたイヨからハンドサインが出された。異常なし——の合図だ。

再び索敵に戻った彼女を目で追う。

スレンダーなモデルスタイル。身長は百七十㎝程度か。薄香《うすこう》色の髪を綺麗《きれい》に編み込み、雪のような白い肌に榛《はしばみ》色の瞳が映えていた。

が、ステータス画面を見るにとても本調子とは言えないようで、注意深く観察していると、彼女は時折顔を顰《しか》めては物憂げな表情をつくっていた。

美人はそんな姿さえ絵になるものだが、こんな状況でいつまでも見惚《みと》れているわけにもいかない。

俺は改めて気を引き締め直し、己《おの》が役割である藪漕《やぶこ》ぎを再開した。


そうしてしばらく過酷な前進を続けた俺達は、街道に魔物が出現したあたりの大森林浅層部へと至った。

そこに広がっていたのは阿鼻叫喚《あびきょうかん》の地獄絵図。

分かってはいたことだが、深層部の魔物の相手はDやEランクパーティーには荷が勝ちすぎている。Cランクでようやく勝負になる……ってところで、DやEの連中は複数パーティーが組むことでなんとか戦っている。

そんな中、ハイロードはやはり強かった。

彼らはほかの冒険者が戦端を開いていた魔物を側面から急襲し、奇襲とはいえ危なげなくオーク二体の命を刈り取った。

緊急依頼中は魔物の横取りは不問とされる。魔核を取り出す時間がない場合も多く、何よりも目的の達成が最優先されるからだ。逆に魔物の擦《なす》りつけといった通常であれば罰則モノの行為であっても、状況によっては許されたりもする。

一息ついた俺は周囲を見渡す。

普段はゴブリン程度しかいない浅層部。今そこには、偶《たま》に見かけるだけのオークが相当数進出していた。よく見ると稀《まれ》にオーガも交じっている。
C、Dランクパーティーの連中はオークとはいい勝負を繰り広げているが、基本オーガとの勝負は避け、奴らが進むに任せている。Cの連中なら無理をすれば狩れないこともないが、危険は冒さず今は一体でも多くの魔物を狩ることに集中しているようだ。森から先の街道は領兵に任せるつもりなんだろう。

奇襲後、大森林をさらに奥へと分け入った俺達は、少し開けた湿地帯でオーガ三体と対峙《たいじ》していた。周囲には十数体のゴブリンがまるでハイエナのように機を窺《うかが》っている。

普段はオーガに狩られる側、生態系の最下層に位置するゴブリンだが、オーガの意識が俺達に向いていることもあり、まるで共闘しているかのようだ。

「ライホー、アンタはゴブリンを狩りな！　魔法組に近付けるんじゃないよ！」

「俺一人でかよ？」

「こっちはオーガ三体とガチで当たるんだ。余裕はない。狩るのは近付く奴だけでいい！　モーリーも治癒魔法を使わないときは戦うからさ！」

「りょーかい！」

いきなりゴブリン数十体を相手取ることになった俺は嘆息しつつも、オーガよりはマシか——そう思い直した。

オーガとは角を生やした鬼のような形相の筋骨隆々とした魔物で、皮膚は硬く刃が通りにくい。

力はオークと同程度だが、刃が立たず動きが素早い分だけ格段に手強《てごわ》い。

実際、オークならば俺も一度だけマグレで倒したことがあるが、オーガはダメだ。今の俺では勝ち筋がまったく見えない。身長も百九十cm以上はあるイギーよりさらに大柄の個体が多く、この点でもオーク以上の脅威を感じる。

「パープル、火魔法は湿地に向けて使いな！　森を燃やすんじゃないよ！」

「…………」

俺に指示を出したのち、キコは魔導師のパープルにも指示を送る。が、パープルからの返事はない。ただの屍《しかばね》のようだ……じゃない、俺に指示をするな――と言わんばかりの表情をキコに向けるパープル。

あぁ、やっぱコイツ「スカシイケメン、間違いなくイヤミ野郎《あくまで個人の見解です》」で間違いない。アケフはよくコイツから魔法を習っているな……。

「ほかの皆はいつもどおりいくよ！」

キコはパープルにシカトされたことを気にするでもなく、ほかのメンバーに語りかける。きっといつものことなんだろう。

先手はスカシイケメンであった。

ヤベッ、そんなことばっか考えているとステータス画面の名前欄、「スカシイケメン」だけになりそうだわ。

スカシイケメ……もとい、パープルがドヤ顔で放った派手な火魔法はオーガに直撃して四散した。

オーガは若干渋面《じゅうめん》を作ったようだが、ほぼ無傷だった。

ププッ、効いてないぞ。ザマァ！

と、思った俺だったが、今の一撃で周囲のゴブリンの腰が引けたのが分かった。

どうやら今のはオーガへの攻撃だけではなく、ゴブリンへの牽制《けんせい》も含まれていたようだ。多分、威力よりもあえて見栄え重視にしたんだろう。なんだかんだと知力15の魔法二つ持ちだけある。頭は切れるようだ。

その後、彼らのオーガ戦はあまり見ていない。

俺のほうは、隙《すき》あらば魔法組に迫ろうとするゴブリンの相手で手一杯だったからだ。

俺は迫り来るゴブリンの棍棒《こんぼう》を目立たないように重力魔法で狙い、次々と仕留める。だが、ほかの連中がオーガに集中している中、モーリーだけは俺が取り零《こぼ》したゴブリンの相手をしていたこともあり、彼は俺の魔法をガン見して目を剥《む》いていた。

「こっちは終わったよ！　そっちも無事みたいだね？　ゴブリンスレイヤーの二つ名は伊達《だて》じゃないようだね！」

若干返り血を浴びつつも無傷のキコが俺に語りかける。

何か言いたげなモーリーをさりげなく視界から外し、俺はキコに返す。

「ああ、お陰さんでな。取り零しはモーリーが仕留めてくれたし、最初の火魔法の牽制も助かったぜ、パープル」

「…………」

パープルからの返事はない。ただの屍のようだ。

「気にしないで。悪い奴じゃないんだけれど、パープルはこんな奴なんだ」

モーリーがフォローついでに語りかけてくる。

「ところでライホー、君の魔法は……」

と、彼が言いかけたところで、パープルがモーリーの前に立ちはだかり、止《よ》せ――と呟《つぶや》いた。

「だね。それがいいと思うよ。モーリー」

キコもパープルに賛同する。

パープル……なにげにイイ奴なのかもしれない。もしかしてツンデレか？　男のツンデレなんてどこにも需要はないぞ！


その後も俺達は、ほかのパーティーが敬遠するオーガを中心に狩りを進めた。

どうやら大森林の深層部から出てきた魔物は、オークとオーガがメインのようだ。

そして俺の魔素を察知する能力はやはり相当なモンのようで、魔物をいち早く発見しては優位な陣形で相対することができるので、ハイロードの面々も驚いていた。

「それにしてもライホーの気配察知はスゴイね！」

「まぁな」

気配ってか、魔素を感じているんだけどさ……。

「アケフもすごかったけど、ライホー、アンタのは図抜《ずぬ》けているよ」

キコが褒めちぎってくる。やはり俺の魔素察知は別格のようだ。

「普段はアケフが索敵するのか？」

「いや。それはイヨのほうが上だから。イヨの場合は気配じゃなくて、視覚と聴覚がすごいんだよ。

今日はラクできていいね！　イヨ」

そういや彼女、今朝は体調悪そうだったけど、大丈夫かな？

俺は改めてステータス画面を確認する。

名前　イヨ（弓士、超絶美貌、多分平坦（要確認！）、体調不良？）
種族　亜人属　エルフ種
性別　女
年齢　21
魔法　生活魔法、空間魔法

	（今回閲覧時）		（前回閲覧時）	
	【基礎値】	【現在値】	【基礎値】	【現在値】
体力	8	5	8	6

魔力	6	4	6	5
筋力	9	7	9	8
敏捷	14	8	14	11
知力	8	6	8	7
合計	45	30	45	37

ああ、さらに低下してるじゃん！　ちょっとヤバくないか？

「イヨ、お前さん大丈夫か？　体調が悪いんじゃないのか？」

俺がマジな表情でそう訊《き》いたところ、イヨは驚きの顔を俺に向けた。その顔は告げていた。なぜ分かったのか——と。

「ライホー、ちょっと」

俺をメンバーから離れたところに引っ張っていったのはキコである。彼女は声を潜めて訊いてくる。

「アンタ、なぜ気付いたの？　ほかの男共はサッパリだってのにさ」

まさかステータス画面のことを話すわけにはいかない。

「いや、彼女がなんか辛《つら》そうにしていたから……それに美人だからちょいちょい目に入るしさ」

俺は目を泳がせながら下手な言い訳をしたが、やはり下手すぎたようだ。俺を見据えるキコの目はまったく納得していなかった。

「ふん、まぁいいわ。これ以上心配されてほかの男共にバレても困るから教えといてあげる。イヨは今日、オンナのコの日なの。意味分かるわよね？」

オンナのコの……あっ、あぁ——俺は黙り込むしかなかった。

「アタシはそんなでもないけど、イヨは症状ひどくてね。普段は男共に気付かれないようにアタシが日程調整しちゃうんだけど、今日は緊急依頼だからそうも言ってられなくてさ」

「おっ、おぅ、そうか……余計なコト言って悪かったな」

「いいのよ。謝ることじゃないわ。イヨの体調を気遣っててくれたってことでしょ？　Eランクのくせに余裕あるじゃない。緊急依頼中だってのにさ。でも……ほかの男共に言うんじゃないわよ！」

前世で五十年、今世で一年、計五十一年にも達した俺の人生だったが、とてもお師匠のような貫禄《かんろく》を醸し出すことはできず、俺は二十五歳のオンナノコからひたすら上から目線の指導を受けていた。

「だけど——今日はアンタがいてくれて助かったわ。イヨの負担が大分軽くなったから。アリガトね」

そう言うと、キコは軽やかな足取りでメンバーの元に戻っていった。

最後はさりげなくフォローして去っていく……か。若いのに大したもんだな。

キコのパーティーリーダーとしての資質と気遣いに感心しつつ、俺もキコのあとを追う。

すると、皆の元へと戻った俺にモーリーが語りかけてきた。

「なんだったんだい？　ライホー。イヨの体調が何とかって？」

チッ、モーリーめ！　意外と空気読めないんだな。今は訊くなよ——と思ったところで、突然キコから無慈悲な誹謗中傷《ひぼうちゅうしょう》の言葉が浴びせかけられた。

「イヨが美人だから気を引きたかったんだってさ。やーねー、宿屋の女将《おかみ》とよろしくやってるくせにさ！」

無論、冗談めかして言っていることは分かっているが、俺は思わず抗議の声をあげた。そんな俺にモーリーは声を出して笑い、イギーは軽く微笑《ほほえ》む。そしてパープルは無表情を決め込み、イヨは赤面していた。

パーティーをうまくまとめる才能が、キコにはあるようだ。

◆◆◆

少し、エルフ種について触れておこう。

エルフ種を含む亜人属は人属よりも少数である。また、異種族間では子を生《な》せないという特性もあるため、彼らは同種族で固まって生きる傾向にある。

とはいえ、彼らもまったく人属と交流せずに生きるわけではない。

例えばエルフ種であれば森林内にエルフだけの集落を築き生活することが一般的だが、それでも近くの人属の街とは必要に応じて交易や交流を持ち、移住する者も比較的多い。イヨもそうしたエルフの一人である。

若いうちはそうした経験を積み、五年、十年してから集落に戻るのだ。そして集落内で彼らは人属の仕来《しきた》りや考え方、国家間の動向などの情報を口伝する。

ここ、パルティカ王国コペルニク伯爵家が治める領都コペルニクは、北の大森林の南限に位置し、そうしたエルフ達が多い街として有名である。

故に他領では滅多に見られない「女エルフ冒険者」というレアケースに遭遇することもままあるのだ。

さて——。

遥《はる》か昔、俺が前世で読んだ『■ードス島戦記』やその他のファンタジー物語、あるいはファンタジー系ゲームにおいては、普通に何百年も生きる種として紹介されるエルフだが、この世界ではそこまでではなく、その平均寿命は百歳前後といったところだ。

それでもこっちの世界では一般的な人間の平均寿命が五十歳そこそこといった感じなので、それと比較すると充分に長命種と捉えられている。

『図解！　パンゲア超大陸解説之書』によると、エルフ種の細胞は癌《がん》になりにくく、その身体は病原菌等への強い抗体を有しているので、身体構造はさして人属と変わらないが、結果として平均寿命が大幅に延びる傾向にあるのだという。

地球でも医療技術が発展し、癌や病原菌などによる死亡者が減少することで平均寿命が延びてきたのだから、元々の体質的にそれらに強いのであれば長命となるのは当たり前だろう。前世では五十歳にして膵臓癌《すいぞうがん》で死んだ俺としては羨《うらや》ましい限りだ。

また、これも種族的な特徴として、紫外線にも強い耐性があるようで、どれほど屋外で活動しても その白磁のような肌は日焼けすることがない。なので結果として外見の老化も遅く、五十過ぎまでは普通に若々しいとのこと。

なお、美男美女揃いなのは全宇宙共通の真理《テンプレ》――らしい。

実は俺もポンコツ神に身体を再構築してもらったとき、視力や聴力等を冒険者の平均値よりも少し高く設定してもらったが、抗体や耐性についてもエルフ種並みとは言わないまでも、それなりに強化してもらったので、前世のように五十歳で癌で死ぬ可能性は低くなっているはずである。


昼を過ぎたころ。俺達はすでに十体近くのオーガを狩っていた。

おおむね強力な種は駆逐され、街道方面に迷い出た魔物も領兵によって制圧されたようだ。

ホッと一息、こんなときこそ危ないんだよねぇ。クワバラクワバラ《フラグフラグ》――と唱えたとき、やはりフラグは立つものである。

突如として大森林深層部から四つの強大な魔素が迫ってきた。

その四つはどれも、さきに戦った三体の中で最も強力で、イギーが最初に相手をしたオーガに匹敵する魔素であった。

「北東から気配四！　いずれもオーガ級！　それも強！」

　俺は鋭い声で叫ぶ。

「逃げられそう？」

「無理だ！　奴ら素早い！」

「なら、アタシとイギーで一体ずつ！　パープルも一体頼む。最大火力で！　残り一体は三人でなんとかして！」

　キコは素早く指示を出すと、イギーと共に駆け出す。

　敵の数に比して前衛の枚数が不足する中、オーガ四体との混戦は危険だ。キコはそれぞれが敵を引き付けて対処するほうが安全だと判断したようだ。

　ふと見るとパープルはすでに膨大な魔力をその手に集中し始めていた。

　俺はイヨとモーリーを庇《かば》うように前に出て剣を握り締める。

　オーガ四体かよ……マジで勝ち筋なんて見えないんだけど？　死んじゃうよ、俺。ポンコツ神はそれでいいの？

「ライホー、キコとイギーは心配するな。死にはしない。パープルも一体は確実に仕留める――が、そこで魔力切れだ！　しばらくは使い物にならない。ボク達で庇いながら戦うんだ！」

「それならイヨはパープルを守って距離を取れ！　無理はするな」

「でも……」

　逡巡《しゅんじゅん》するイヨに俺は怒鳴る。

「委細キコに聞いた！　今日のお前さんはダメだ。素直に退《ひ》くんだ！」

やはりオーガだ！　二体そっちに行くぞ——そんな叫び声が聞こえる。前方でキコとイギーが戦い始めたようだ。

二体がこちらに迫る。そこにパープルが練り上げた魔法が放たれた。

耳をつんざくほどの大音声と共に焔《ほむら》が風を纏い、踊り狂うが如《ごと》くオーガに迫る。

なんだ？　火魔法と風魔法の同時発射か？　んなこともできるのかよ？　火力スゲェな……風が酸素を取り込んでいる？

それの直撃を受けた先駆けのオーガは、風に切り裂かれ焔に焼かれ一瞬にして倒れた。

同時にパープルも崩れ落ち、彼を支えてイヨが退く。

残ったオーガも無傷ではなかった。パープルの魔法の残滓《ざんし》だけで身体中に裂傷と火傷《やけど》を負い、動きはかなり鈍っている。

いよいよ俺達の出番だな——モーリーと共に手負いのオーガと対峙した俺は心の中で叫ぶ。

俺達の戦いはこれからだ！

迫る手負いのオーガに最初に立ち塞《ふさ》がったのは意外にもモーリーだった。

「鎚矛のほうがリーチがある。先手はボクに任せて！」

うーん、パープルはツンデレで、コイツはボクっ娘《こ》……じゃないボクっ子か。二人とも男だぞ！

何の需要もない！

いや、ボクっ子はホントは男が正しいのか？　うん？　ホントによかったんだっけ？

――イカン、イカン。くだらんことを考えてないで集中しなくては。

オーガは基本的に無手である。ゴブリンやオークのように武器を持つことはなく、その強靭《きょうじん》で俊敏な肉体を活《い》かし、拳《こぶし》で戦う。故に重力魔法で武器を狙う俺の戦法は通じない。

モーリーは俺のゴブリン戦を見ていて何か察するものがあったのだろう。それとなく先手を買って出てくれた。俺はその好意に甘え、パープルの魔法によるダメージを分析すべく、オーガのステータス画面を開く。

名前　傷だらけのオーガ
種族　亜人属　オーガ種
性別　女
年齢　32
魔法　なし

	【基礎値】	【現在値】
体力	18	11
魔力	4	3
筋力	19	14

敏捷	14	10
知力	5	4
合計	60	42

ヤベェ、ヤベェ、名前ヤベェ……[redacted]ーラみたくなってる。

じゃない。基礎値がヤベェ。こんなん人間じゃないってば。

うん？　一応、亜人属なんか？　オーガって。そういやユージ[redacted]ーも人間ぽかったしな。

いや、それよりも現在値のほうだ。激減してるじゃん!?　スゲェな、パープルの魔法。

仕留めた一体目の後ろにいた個体にまでこんな大ダメージを与えたのか？　俺も魔法無双でこんなんしたかったんだけどなぁ……。

そして意外にもモーリーは善戦していた。

ここまでダメージを受けたオーガが相手なら、モーリーも防御に徹すれば死なない程度には戦えるようだ。ただ、着実に攻撃は受けているし、ジリ貧であることは間違いない。

よし、ここは俺とモーリーで時間稼ぎの一手だな。キコとイギーが無事に戻ることを祈るしかない。

俺はモーリーとオーガの間に割って入り、その剛腕を丸小盾で受ける。

まだ未熟ながらお師匠から教わった受け流しの業を使っているので、ゴブリンとの初戦のようによろめいて二mも後退《あとずさ》ることはない。オーガが相手でも二、三歩程度でなんとか堪《こら》えることができている。

その隙にモーリーが鎚矛でチクチクと嫌がらせの攻撃をする。モーリーも俺と同じく時間稼ぎに徹することにしたようだ。

俺はモーリーにヘイトを向けたオーガの前に回り込み、彼を庇う。モーリーは次なるチクチク攻撃に向けて位置取りを変える。

そんな地味な防御戦に徹してから五分ほど経った。

すでに俺もモーリーも限界が近付き、かなり動きが鈍っていた。互いに動き出しが遅れたその隙をオーガは見逃さなかった。

オーガの拳がモーリーを捉える。辛うじて俺の盾を掠《かす》めたこともあり、生死に直結することはなかったが、吹っ飛ばされたモーリーは呻き声をあげて動くことができない。

万事休す――である。

俺だけではとてもオーガを抑え込むことはできない。

どうすればいい？

逡巡したそのとき、背後から放たれた矢がオーガの片目を貫いた。一瞬だけ振り向くと、すぐそこに弓を構えたイヨがいた。

改めて俺がオーガを見ると、奴は自分の眼球ごと矢を引き抜き――そこで食べろ！　夏侯惇《かこうとん》！

ダメだ……こんなときですら、くだらないことを考えてしまう俺の悪癖は死ぬまで治らないんだろう。いや、すでに一度死んでいるから、死んでも治らない――が正しいのか？

自分の眼球を食べることなく矢ごと打ち捨てたオーガは、たった今隻眼となった目に憎悪を込め、イヨを睨《にら》みつける。

一気にイヨとの距離を詰めようとするオーガの前に、思わず俺は立ち塞がっていた。

まだ加速前だったこともあり、俺はオーガともつれ合いながら地べたに転がる。

何度か組んず解《ほぐ》れつして足掻《あが》いてみたが、やはり地力の差は歴然。

オーガはすぐにマウントポジションを取り、俺の両腕を押さえつける。眼球があったはずの眼窩《がんか》からは血が滴り落ち、俺の頬《ほお》を濡《ぬ》らす。奴は臭い口を開き雄叫《おたけ》びをあげる。

コイツ雌だったよなぁ。こんな女に組み敷かれて俺は二度目の人生を終えるのか？

糞《くそ》ポンコツ神め！　もっとチートを寄越しておけばこんなことには……。

イヨも必死で弓を射ているが、俺に当てないよう気を使っていることもあり、あんな奇跡は二度と起こらない。そしてイヨの弓では牽制程度はできても、オーガに致命傷を与えることはできないのだ。

もはやオーガはイヨには目もくれず、俺にとどめを刺そうと牙を剥く。おそらく俺の両腕を押さえたまま、首を噛《か》み千切ろうとしているんだろう。

イヨの弓がもう一方の目を射抜けば俺達の勝ちなんだが――そう都合よくはいかないわな。

あの目さえなければ……。

コイツを重力魔法全開で軽くしたところで、押し退《の》けられるほど軽くなるとは限らないし、全魔

力を使い果たしてしまえばその先できることはない。

こんな危機は転移直後の二体のゴブリン戦以来だ。

あのときは某英国紳士のセリフが俺を救った。

……逆に考えるんだ。

――

――

――ダメだ！　何も思いつかねー！

――うん？　やっぱ逆でいいんだ！　オーガを軽くするんじゃない。重くするんだ！

俺は即座に魔力を鼻先に集めると重力魔法を発動し、オーガに向けて放った。ただし、奴の隻眼に向けて――。

俺は奴の隻眼を極限まで重くしたのだ。

するとその眼球は重さに耐えきれず周囲の筋繊維や神経などを引き千切り、眼窩からずり落ちてきた。

グギャーッ！

両目を失ったオーガは俺の上から離れ、両目を押さえてのた打ち回っている。

決まった！　狙いどおりだ――俺は思わず雄叫びをあげようとしたが、そうは問屋が卸さなかった。

落下した奴の目がそのまま俺の口腔《こうこう》にハマり、俺は窒息寸前になっていた。

まさかの俺のほうが夏侯惇状態であった。

ヤバい――と思ったそのとき。駆け寄ってきたイヨがハイムリック法で助けてくれ、俺はなんとか命を拾った。なんせ鉄球以上にまで重くなった目なので、簡単には取り出せなかったのだ。それにしてもこっちの世界にもハイムリック法があったとは吃驚《びっくり》である。

あっぶねー、マジで死ぬかと思ったぜ！

俺の横では、両目を失って混乱の極みにあるオーガが激昂《げっこう》して腕を振り回している。

とりあえずの安全を確保した俺とイヨは、暴れ回るオーガに悟られぬようモーリーの元へと向かった。

どうやら彼は無事なようだ。オーガにやられたダメージも和らいだようで、自身に治癒魔法をかけられる程度にまで回復していた。

「ライホー、やはり君は興味深いね」

チッ、また厄介な奴に厄介なところを見られたな……。

「まさか敵の目を食べる魔法があるなんてね！」

んなわきゃねーだろ！　――そう突っ込んだ俺に、モーリーはニヤリと笑って続けた。

「ボクはもう君を詮索《せんさく》する気はないよ。なにせボク達は命を預け合ったパーティーメンバーなんだからね」

そのモーリーの言を受け、俺もニヤリと笑い返した。

「もう！　二人してなにバカなコトしてるのよ？　ほら、オーガに気付かれるわよ」

そんなイヨの言葉に我に返った俺とモーリーは、イヨと共に急いでパープルの元へと向かった。

その途中、前を進むイヨが意を決したように振り返る。

「どうした？」

と訊いた俺に、イヨは小さな声で囁《ささや》いた。

「アリガト、ライホー。私を庇ってくれて。カッコ悪かったけど、カッコ良かったよ……」

なんじゃい？　それ？


あのオーガはこれ以上脅威にはならない。キコとイギーが戻ったら二人にサクッと殺《や》ってもらう――そんなことを思っていると、そのキコとイギーが戻ってきた。

二人はボロボロのなりで細かい裂傷も数多《あまた》負っていたが、大きな怪我《けが》はないようだ。

イギーは暴れるオーガに静かに近付くと素早く背後へと回り込み、おもむろに盾で殴り倒してから昏倒《こんとう》したオーガの喉元に肉厚な短剣を刺し込んで息の根を止める。ここまでわずか三十秒足らず。

スゲェ手際だな……さらばだ、傷だらけの[redacted]ーラ。

「よく生きてたね！　正直ダメだと思ってた。ゴメンね、無理させて」

をぃ！　キコよ……それはないだろ！

「いやぁ、やっぱパープルの魔法がスゴかったよ。あれがなきゃ死んでた。あと、今回もライホーがやってくれたよ！」

モーリーが大仰に俺を称《たた》えてくれたところに、イギーが帰ってきてボソリと呟く。

「あのオーガ、両目が無かった」

「えぇっ？」

「私の矢が偶然片目を。もう片方はライホーが……」

イヨの言葉を受け、さすがにキコが疑惑の視線を俺へと向ける。

「企業秘密だ……」

「うん？　キギョウ……って？」

あっ、ヤベッ――。

「なんでもない。気にするな。俺の秘術……詮索無用だ」

「あっあぁ、分かったよ。ゴメンね」

こうして俺にとって初の緊急依頼は終わったのであった。

第六章　祭りのあと

死傷者の収容や治療、あるいは魔物の死体の処分――そうした事後処理に黙々と勤《いそ》しむ領兵を横目に、陽《ひ》が落ちる二、三時間前には街へと戻った俺達は、激戦の中にあってもしっかりと収集してきたオーガの魔核をギルドに納品する。

オークやゴブリンの魔核までは取っていない。魔核としての質がオーガほど高くないうえ、あの状況下で危険を冒してまで集める必要性が低かったこともあるが、ほかのパーティーの取り分としても残しておく必要があったからだ。

俺達はオーガの魔核十数個でそこそこの稼ぎにはなったが、後日支給される領主からの緊急依頼の報酬は、ギルドのピンハネ分を差し引くと雀《すずめ》の涙《なみだ》ほども残らないらしい。AやBの連中は別にしても、Cランク以下の連中はせいぜいトントン、悪くすれば足が出るとのことだ。

それでも冒険者は街の防衛のために駆り出される。あまり俺達だけが稼ぎすぎては顰蹙《ひんしゅく》を買ってしまうのだ。

ちなみに、受付嬢のトゥーラによれば、今回の緊急依頼でこれほどの数のオーガの魔核を納品したのは、俺達以外ではAランクパーティーだけとのこと。

皆さんはすでにBランク以上の力はありますね――そう言って微笑《ほほえ》んだ彼女は、表情を真面目なものに改めてから言葉を継ぐ。

「ギルマスから皆さんにお話があるそうです。しばらくここでお待ちください」

彼女はそう言い残すと、一度バックヤードへと姿を消した。


再び現れたトゥーラの案内でギルマスの部屋に出向いた俺達を待っていたのは、ギルマスとAランクパーティー『ローリングスターズ』の面々だった。

「悪かった。俺達が取り逃がしたオーガがお前達を襲ったようだ」

ローリングスターズのリーダーが俺達に頭を下げる。

「いえ、緊急依頼中です。気にしないでください」

キコもいつになく神妙な表情で応じる。

事情を訊《き》くと、どうやら彼らローリングスターズは大森林深層部での調査中、大規模なオーガの巣穴を発見して駆逐を試みたが、四、五体ほど取り逃がしてしまったそうだ。そして、そのとき逃げ出した奴らが俺達を襲ったらしい。

別に魔物を擦《なす》りつけたわけではなく、まったくのところ防ぎようのない事故なのだが、Aランクパーティーが Cランクパーティーに下手を打ったということで、ギルドの仕来《しきた》りとして仁義を切る必要があるとのことだった。キコの返答も紋切り型であるらしく、要は後々禍根を残さないための儀式でしかないが、意外とこういった儀式は大切なのだ。

また、上位者であるローリングスターズにしても、あらかじめ仕来りとして定まっていれば頭を下げやすいというメリットもある。俺は半世紀以上にも及ぶ人生経験からそのことを知っているが、さすがのキコも若さからかその辺はまだピンときていないようだ。

「それにしてもお前らはすごいな。Cランクパーティーが六人であのレベルのオーガ四体を相手取って死者どころか大きな怪我人《けがにん》すら出さんとは……」

「それには俺も驚いている。結局お前ら十体以上のオーガを仕留めたんだって？　しかも正規メンバーじゃないイレギュラー《ライホー》を加えてだろ？」

型どおりの儀式後、ローリングスターズリーダーの言葉にギルマスも続く。

「急遽《きゅうきょ》ライホーを入れてくれたお陰でウチのメンバーの命が助かりました。ギルマスには感謝します」

「おう、そうか。ただのEランクじゃないとは思っていたが、キコに評価されるたぁ大したもんだ。んで、コイツどんな戦い方をするんだ？　剣術は素人に毛が生えたレベル、魔法もおサイフ魔法なんだろ？　そんなんでキコから感謝されるほど戦えるのか？」

ギルマスは遠慮会釈なしにガッツリと俺の秘密を暴こうとしたが、キコからの返答はつれないものだった。

「いくらギルマスでもウチのパーティーメンバーの秘密は明かせませんよ。だけど彼——Eランクに留《とど》めておくには惜しい人材です。早いトコ、DでもCでも上げてくださいよ」

「なんだお前ら？　ライホーもパーティーに加えるつもりか？　今回の緊急依頼でキコとイギーとパープルはBランクに昇格させるから、ハイロードのBランクへの昇格は既定路線だったんだが、ライホーを加入させるとなるとBランクパーティーにはなれんぞ？」

なんだか勝手に俺がハイロードに加入する流れになっているが、さすがにそれはない。正直今の俺ではあのレベルの戦闘についていける自信がないのだ。

ほかに俺をパーティーに誘ってくれる奴なんていない中、これは非常に嬉《うれ》しい申し出だったが、俺は断腸の思いで断らせてもらった。

「俺はハイロードには入らんぞ。まだしばらくソロで経験を積むつもりだ」

「なんだい、そうなのかい？　アケフ……と、イヨが悲しむよ！」

「なんでそこに私も出てくるのよ、キコ！」

俺の返答にキコがボケてイヨが突っ込む——でいいんだよな？　ボケ突っ込みじゃなくマジってわけじゃないよね？

ちなみにパーティーランクというのは、パーティーの構成員の半数以上が属している最上位の個人ランクによって決まり、パーティーランク指定の依頼を受けることができるなど、高ければ高いほどよいのは個人ランクと同じである。

ハイロードの場合、今回の緊急依頼でキコとイギーとパープルがBランクに昇格するようなので、六人中三人がBランクとなりパーティーとしてもBランクになるとのことだ。しかし、そこに俺が加わるとBランクメンバーが半数を切ってしまうので、Bランクパーティーにはなれないということらしい。

「モーリーとイヨは今回の戦果ではちょっと物足りない。が、もう少しでBだ。精進してくれ。あとライホー、お前は半年前にEに上げたばかりなんでさすがに今すぐDにはできん。だがこの調子なら早ければあと一年だ。それでも最速クラスの昇格だから、焦る必要はないぞ」

いや、俺のランクを上げろって言ったのはキコであって、俺自身は別に焦ってはないんだけどな……。


「で——、報告を聞こうか」

コペルニク伯爵邸の執務室ではギルマスとAランクパーティー『ローリングスターズ』のリーダーが、伯爵を前にして来客用のソファーに腰掛けていた。

伯爵の後方には親衛隊長と騎士団長も直立不動で控えている。

彼らはハイロードからの聞き取りを終えると、休む間もなく依頼主である伯爵への報告に出向いていたのだ。

ギルマスが重い口を開く。

「ローリングスターズらの調査によれば、此度《こたび》のオーガなどの暴走は領兵による大森林の駆除頻度が落ちたことが原因と思われます」

「ほう、これはあまり耳ざわりが良い報告ではないな。我がほうの失策と？」

伯爵はおもむろに後方に振り返ると、騎士団長に訊《たず》ねる。

「駆除頻度が落ちているのはまことか？」

「はっ、事実に。たしか冒険者ギルド所属のルーキーがソロにもかかわらず恐ろしいほどのペースでゴブリンを狩っているとかで、街道に出現するゴブリンの数が減少の一途を辿《たど》っている——との報告を受けております」

「ふむ、それで頻度を下げたと？」

「申し訳ございません」

「いや、お主を責めているのではない。なぜそれがオーガの暴走に繋《つな》がる？　ギルドの見立てやいかん？」

コペルニク伯爵は理性的な光を湛《たた》えた鳶《とび》色の瞳と、肩までの長さの赤銅色の直毛を有する偉丈夫で、今年不惑を迎える。

この世界の平均寿命を考えると折り返し地点をとうに過ぎているにもかかわらず、若々しく活力に満ちた容姿を保っており、今回の緊急依頼においても最前線とは言わないまでも、即座に門外へとその身を運び軍勢の指揮を執るなど、その活動的で快闊《かいかつ》な人柄は領民からの人気も高い。

「そのゴブリンスレイヤー……いや、これは我らがつけた二つ名ですが、その者はゴブリンにはすこぶる強いのですが、上位の魔物は狩らないのです。領兵による駆除であれば、オークはもちろんさらに手強《てごわ》いオーガなども対象となりますが、駆除頻度が落ちたことでオーガやオークの数が増えすぎたのではないかと……」

「なるほど。吉凶《きっきょう》禍福《かふく》は硬貨の裏表——とはよく言ったものよ。ではそのゴブリンスレイヤーとやらがオークやオーガも狩ればよいではないか。ソロで数多《あまた》のゴブリンを狩るほどの者がなぜオークやオーガには手を出さぬ？　オーガはまだしもオーク程度ならば容易《たやす》いであろう。その者の腕前はいかほどか？」

「私の立場的にギルドメンバーの情報を不用意に漏らすことは憚《はばか》られますが、すでに世上に知られている範囲で申し上げれば、彼《か》の者はあのハーミット殿に剣を師匠《おし》事しておるものの、その腕前は素人に毛が生えた程度とか。また、魔法持ちではありますが、その魔法もいわゆるおサイフ魔法でございます」

コペルニク伯爵の端正な顔に険が差した。伯爵がさらに目線で促すとギルマスは渋々ながらも続ける。

「——されど、その割に装備品は上等で、この街に現れた当初から鋼《はがね》の剣にワイバーンの革鎧《よろい》を身につけておりました。これ以上のことは私も存じませぬ」

「ではそのほうはどうだ？　お主はその者の戦いぶりは見たか？」

伯爵はローリングスターズのリーダーに問う。

「いえ。残念ながら直には見ておりません」

それ以上は言葉を発しようとしないリーダーに対し、コペルニク伯爵はちらりと騎士団長を見遣《みや》る。意を察した騎士団長は、冷酷に、そして厳格に告げる。

「伯爵様はお主と腹の探り合いをするほどお手透《てす》きではない。いちいち訊かれずとも直に見ておらぬ部分でのお主の見立てでも早々に話すがよい！」

相対する者が虚言を吐いているか否《いな》かを正確に判別することは、貴族として当然持ち合わせるべき資質、そして技量である。それができなければ他者にいいように食い物にされてしまう。彼らがその先に求められるのは、虚言ではないが真実を隠した発言を見極めること。

ローリングスターズのリーダーは嘘《うそ》はついていない。が、真実をすべて告げているわけでもない。それをコペルニク伯爵は察した。そして立場の違いを見せつけるようにあえて騎士団長に威圧させたのだ。

同じ冒険者として仲間の情報を売りたくはない……が、伯爵位を持つ者からの威圧に抗して虚言を吐くわけにもいかない。

不承不承といった表情で彼は語る。

「されば彼の者、剣の腕が未熟であることは間違いないかと。彼の者が仕留めたと思《おぼ》しきゴブリンがそれを物語っておりました。彼らが去ったあと、我らは現地を検分しましたが、あれは手練《てだ》れによる斬り口ではございません。にもかかわらずあれほどの数のゴブリンを単独で倒すとは常識では到底考えられません。何かしらの秘密があるかと……」

「ふむ。で、その秘密までは分からぬ――と」

「左様でございます」

「ギルマスの見立ては？」

またしても話を振られたギルマスは慌てて応じる。

「おそらくですが、空間魔法のほかにも使える魔法があるのではないかと……」

「ほぅ、秘匿しているだけで本当は二つ持ちとな？　で、そのゴブリンスレイヤー殿の名は何と申す？」

「ライホー、と申します」

「ふむ、興味深い。そのライホーとやらの情報の裏取り、そして日々の行動を簡単でよい、調べておけ。当面はその程度でよいが、いずれ機を見てその秘匿している魔法とやらも暴いてやろう」

騎士団長に告げたコペルニク伯爵は、爽やかに微笑んだのであった。


緊急依頼が無事に達成された夜は、領主の負担でギルドの食事処を貸し切っての慰労会が催される。まぁ早い話、飲み会だ。

ギルマスの部屋でAランクパーティー『ローリングスターズ』からの謝罪を受けたあと、俺達は一度各々の宿へと引き上げた。ウキラの宿へと戻った俺は武装を解き一息つく。そして身なりを整えてから再びギルドへと向かった。

慰労会は陽が落ちて一時間ほど経《た》ったころに始まった。

「皆、今日はご苦労だった！　お陰で街道の安全も回復し、大森林浅層部も安定を取り戻した。詳細な原因を皆に伝えることはできないが、原因は究明され再発しないことをここに約束しよう！」

ギルマスの言葉に皆が安堵《あんど》の声を漏らす。

ギルマスはさらに続ける。

「今日は六人の勇敢な冒険者が逝った。彼らの家族には後日、領主とギルドから哀悼の意とともに弔慰金が支給される。また、十一人の冒険者が重い怪我を負った。彼らが現役復帰を望まない場合、領主が彼らを召し抱える。希望すればギルドからも仕事を斡旋《あっせん》する。彼ら十七人に最大の賛辞を。そして依頼の完遂に謝意を捧《ささ》げる。献杯」

ギルマスのしめやかな献杯の言葉に、その場にいる全員が静かに唱和する。

皆、しんみりと犠牲となった者達を悼む――が、そんな雰囲気は一、二分足らずで消え失《う》せ、あちらこちらから笑い声が響きだす。

アケフを加えたハイロードの正規メンバー六人と俺は、一つの卓を占拠して杯を交わしている。

前世でもかなりイケるクチだった俺だが、こっちの世界では前世以上にアセトアルデヒド脱水素酵素の活性をマシマシにしてもらったので、どれほど強い酒を飲んでもほろ酔い程度で済んでしまう。

前世では四十代以降、肥満を恐れてジンやウイスキーなどの蒸留酒を中心に嗜《たしな》んでいたものだが、今は二十代の若者である。また、日々の肉体労働で一切肥満を気にする必要がないこともあり、こちらの世界では蒸留酒よりも好きだった醸造酒を気兼ねなく楽しむことができる。

しかし食事処の片隅の卓で、オークリーがかつての冒険者仲間と共に呷《あお》るようにエールを胃に流し込んでいる姿を見るにつけ、お前のビール腹？　エール腹？　にこれ以上脂肪を蓄えてどうするんだ？　少しは自重しろよ！　とは思う。

しかもアケフによると、今回は領兵を抜いて門にまで迫る魔物はいなかったようだから、オークリーの出番なんてなかったはずである。まぁ、いつオーガが現れるか——という緊張感に包まれながら門外で待機を強いられる精神的な疲労は、平和だった前世とは比較にならないくらい心にクルものはあるだろうが、それでもオークリーがさも自分も貢献しました——ってな面《つら》で楽しそうにタダ酒を飲んでいるのを見ると、どうも腑《ふ》に落ちないものを感じてしまう。

さて、オークリーの話はこのくらいにしておこう。

そんなことよりも慰労会の話だ。この会はギルドの一階すべてを貸し切って行われるのが通例のようだが、スペースの関係でそこには最大でも七、八十人ほどしか入らない。

無論、総勢三百人の冒険者全員が参加するわけではなく、このような騒ぎが苦手な奴はいるし、怪我や疲労で参加できない者もいる。また、死亡者や重傷者が属するパーティーも積極的には参加しない。仲間の死を悼む意味で静かに杯を掲げる連中もいないことはないが、結果としてこの場に集《つど》ったのは百人ほどであった。

ギルド内に入れなかった者は必然的にギルド前の路上にたむろすることになるのだが、今日ばかりは衛兵も煩《うるさ》いことは言わない。

何度目かの乾杯ののち、キコは赤ら顔を真剣な表情に整えて俺に訊く。

「ホント、アタシらはCランクパーティーでも構わないんだよ？　どうせすぐにモーリーとイヨもBランクになるんだろうし、そうすればアンタがいてもパーティーランクはBになるんだからね」

「いや、とても光栄な話だし、無論イヤというわけじゃないんだが、俺程度の腕前ではお前らの足を引っ張ってしまうことがよく分かったからな。勝てはせずともオーガ一体程度は独りで抑えられる腕前にはなりたい。しばらくはパーティーに縛られず、お師匠のところで剣の腕を磨きたいんだ。機会があれば臨時で組むことはやぶさかではないから、そのときはぜひ誘ってくれよ。悪いな」

「そうかい？　残念だねぇ。アンタの索敵能力はイヨにも匹敵するし、剣の腕前も魔法組の護衛としてはちょうどいいんだけどね」

「まぁ仕方ないじゃないか。キコ。残念だけれど彼には彼の生き方があるんだよ」

未練たらたらのキコをモーリーが宥《なだ》めてくれる。

この両名は冒険者の中では比較的常識人であり、話が通じるので助かる。

先ほどから一切表情を変えずに黙々と酒精の高いウイスキーの杯を空けているイギー、そして大して飲んでいないはずなのに妙にハイテンションな状態で俺に絡んでくるイヨと比べれば……であるが。

もっとも、上には上がいるとはよく言ったもので、あのパープルは笑い上戸であった。昼間とのギャップがエグすぎてまったくついていけない。そんなキャラ、要らないんだけれど……。

ちなみにアケフは微笑を湛えて皆を見回しながら、エールをちびりちびりとやっている。なんか一番オトナな感じである。

「すまないな。でも誘ってくれて嬉しかったぜ。また組むときにはよろしく頼むよ」

俺はキコに詫《わ》び、この話を打ち切る。

よ。

「ライホー！　飲んでるー？」

そう言って俺の左肩にしな垂れかかったのはイヨである。

コイツ飲みすぎだ。このままでは近いうちにぶっ潰《つぶ》れてしまうが、止めないでいいのか？　キコ

「さて――悪いが俺はそろそろ帰るぞ」

飲み会が始まって二時間近くが経った。

日中、オーガとの文字どおりの死闘をくぐり抜けた俺の疲労はすでにピークに達していた。一刻も早くベッドに潜り込みたい。

「それなら潰れちゃったイヨも送ってもらっていい？　アタシらの宿、分かるでしょ？」

いや、分かるけど……それはちょっとマズくないか？　酔い潰れた美貌エルフに送《おく》り狼《おおかみ》なんかつけちゃダメだろ。

「お前らが帰るときに一緒に連れていけばいいだろ？」

「いや、アタシらまだまだ飲むし。でもイヨは先に休ませてあげたいから。いいでしょ？　ついでなんだから」

ってか、そもそもオンナのコの日で辛《つら》かったのに、無理して飲みに来なくてよかったんじゃね？

――と思った俺に何かを察したキコが近付き、小声で囁《ささや》く。

「イヨ、終わったみたいよ」

「――えっ？　あっ、アレね？　うん？　でも早くね？　日中あんな辛そうにしてたのに……」

「あぁ、ライホーは知らないんだ？　エルフは普通一日ちょっとで終わるみたいよ。いいわよねぇ。夕方、宿で一休みしたあとはもう元気そうだったし」

「いや、だからなんだよ!?」

「分かってるくせに。アタシらはまだしばらく宿には戻らないからよろしくね……じゃない、よろしくヤッてね？」

うーん……キコよ、お前、俺にイヨをどうさせたいんだ？

「ライホー、あのコはね、十五で里を出てこの街に来たの。で、あの美貌でしょ？　いきなり変なのに絡まれてたからアタシが助けてね。それからはアタシが姉代わりになって面倒をみてきたのよ。でも最初に絡まれたときのことが変なトラウマになっちゃってて、二十一にもなるのにいまだに男っ気がなくて。もしアンタがイヨを気に入ってるなら抱いてあげてよ」

「へっ？　いや……イヨの意志ってもんがあるだろうが？　それに俺にはウキラがいるし……」

「あら、意外と鈍感なのね、ライホー。イヨってば、よくアケフと一緒にいたアンタのコトを気にしていたのよ。だからアタシも探りを入れてみたんだけど、そしたらちょっとイイかも……ってさ。で、今日は危ないところを命懸けで守ってもらった――って嬉しそうに話していたわよ。それに宿屋の女将《おかみ》のコトは承知の上よ。あのコもアタシも」

あぁ、吊《つ》り橋効果ってやつか。でも前世じゃ犯罪だしなぁ。酔って意識のない相手を……って。しかもウキラがいてもイイって……寝取ったモン勝ちなんか？　キコは別にしてもイヨまでそんな感覚なのかよ。それがこっちの世界の常識なのかねぇ？
「だとしてもだ。酔い潰れた女を無断で抱くなんてコトできんぞ、俺には」
「そういうところも高評価よ、ライホー。アタシの大切な妹を託すんだからね。それに大丈夫。宿に着くまでにはイヨも目を覚ますわ。んじゃよろしくねー」
ってか、そもそもエルフを抱くのって命懸けなんですけど？　俺。

――別種族と交尾するとごく稀《まれ》にですが、その種族固有のウイルスに感染する場合があります。そして可能性としてはさらに低いのですが、別種族のウイルスに感染すると最悪の場合、死に至ることもあります。

――経験知として蓄積されるほどの事例がないため、あちらの世界の人々は異種族間の交尾をまったく忌諱《きい》していませんが、念のためあなたにはお知らせしておきますね。

そんなポンコツ神の言葉が、俺の頭蓋《とうがい》内で呪詛《じゅそ》のようにこだましていた。

ライホーとイヨが抜けたあとも慰労会の場にはいまだ多くの冒険者がたむろし、少ない報酬に代えてタダ酒から少しでも元を取ろうと、自身の肝臓に超過勤務を強いていた。

その中には、七人から五人に減り、多少ゆったりと卓を占拠して呑《の》み耽《ふけ》っているハイロードの面々も含まれる。

「あれでよかったのかい？　キコ」

「何がよ？　モーリー？」

「いや、イヨをライホーに送らせてさ」

「何よ。ライホーは信用できる――って言ったのはアンタじゃやない？」

キコは非難がましい目でモーリーを睨《にら》む。

「まぁそうなんだけど、それにしてもさ」

「大丈夫よ。ライホーなら意識のないイヨに手を出さないし、イヨが本気で嫌がればヒドイことはしないわ」

「それは女の勘……ってやつかい？」

「それもあるけれど、それだけじゃないわ。アイツはなにかアタシ達とは違うのよ。今日一日接してみて分かったわ。常識とか考え方とか価値観とかいろいろと……ね、アケフ？」

突然話を振られたアケフであったが、彼はエールからジンに替えていたグラスを傾け、その縁《ふち》をちびりと嘗《な》めて微笑んだだけであった。

「まぁいいわ。いずれにしてもライホーはウチのパーティーでツバを付けておくわよ。余所《よそ》のトコに取られないように皆、注意してね。――特にアケフは」

「当面お師匠のところで腕を磨くって言葉は嘘じゃないと思いますよ。だからしばらくはソロでや

るんじゃないですか？」

「ならいいけど——これでイヨとくっついてくれれば完璧なんだけどね」

「キコ、お前やっぱそのつもりで……」

「いいじゃない、別に。お互いホントに好き合っているのなら。それに異種族間だから間違っても妊娠しないのもプラスよねぇ」

パーティーリーダーとしてのキコの図太《ずぶと》さや逞《たくま》しさ——それを目の当たりにしたアケフとモーリーは、半分頼もしく感じ、半分は呆《あき》れ果てたのであった。

なお、この間、一切表情を変えずに黙々とウイスキーの杯を空けているイギーと、そんなイギーのどこが面白いのかは不明だが彼に語りかけながら笑い続けるパープルは、完全に蚊帳の外であった。


キコ達がライホーとイヨの二人について語らっていたころ。

ギルド内部ではウキラの姉、トゥーラが慌ただしく動いていた。

「私はギルマスからライホーさんの監視任務を受けました。よってその権限のもとで命じます。ライホーさんの跡をつけなさい」

「いや……それってアンタの妹さんのためだろうが？　公私混同が過ぎるぜ！」

「違います。あくまでライホーさんの監視のためです」

コペルニク伯爵との会談を終えたギルマスは、ベテラン受付嬢のトゥーラにライホーの近辺を洗うよう指示を出し、必要の範囲内でギルドのリソースを使う許可を与えていた。

ライホーの調査は伯爵のほうでも行うが、それはギルドが手を拱《こまね》く理由にはならない。ギルドとしても独自のルートで情報を得ておく必要がある。一介の冒険者とはいえ、伯爵が興味を示している者を放置しておくわけにはいかないのだ。

ライホーがトゥーラの妹の宿に住み着いていることを把握していたギルマスは、彼をよく知るトゥーラにその権限を与えた。トゥーラとしても大切な妹の情夫であるライホーの素性を知っておいて損はない。彼女は喜んでその任を受けたのであった。

そんな彼女が初めてその権限で行ったことは、冒険者上がりのギルド職員の中では一番の尾行の名手――サーギルという名の男に、酔い潰れた美貌エルフを背負って出ていったライホーの跡をつけさせることであった。

「そうそう、ライホーさんは気配を察知するのが得意だから、隠れてつけるような真似はしないで。かえって気取られるわ。通行人に紛れて自然に振る舞うのよ」

「ちっ、厄介な相手だな。終わったら酒の一杯でもオゴれよ！」

そう言い残すと、彼は夜の闇に溶け込むように静かにギルドを出ていったのであった。

今、俺の背にはイヨがいて、静かに寝息を立てている。

得も言われぬ甘酸っぱい香りが漂い、彼女の吐息が俺の首筋を擽《くすぐ》る。

お互い鎧を着ていないため身体は密着し、温《ぬく》もりを直《じか》に感じるが、その熱量は俺のアソコを熱くするためにすべて使用されてしまったようだ。スマン、下品で。

思わず理性が飛びそうになるが、俺はポンコツ神の言葉《呪い》を胸に刻み耐え続ける。

そうして五分ほど歩いたころだろうか。

「うっ、うーん――あれ？　ここ？　誰？」

「よう起きたか、イヨ。ライホーだ。キコに頼まれて宿まで送ることになってな。スマンが負《お》ぶらせてもらっているぞ」

「あっ、え？　ライホー？　ゴメ――私……」

「気にするな。俺も早めに切り上げて帰るところだったから。ほかの連中はまだ飲んでるってさ。それよりもうすぐ宿に着くぞ」

「あ、アリガト……」


イヨ達の宿はウキラの宿と比べると数倍の規模はある大きな建物だった。

俺は宿屋の前でイヨを下ろすと、意外なほど彼女の足取りがしっかりしていることを確認して一

安心した。

「ここからは独りで大丈夫だな？」

そう訊ねた俺にイヨは少し未練がましい表情を浮かべたが、俺はそんな彼女の雰囲気に流されることなく切り出す。

「じゃ俺はこれで。またな」

ライホーはクールに去るぜ！

そんな感じを醸し出してはみたものの、実際にはごく低確率の死の恐怖に怯《おび》え、ポンコツ神の言葉《呪い》に屈した俺がそこにいただけであった。


——なお、イヨの胸はやはり平坦《へいたん》だった。


時間は慰労会の前、キコとイヨが定宿で寛《くつろ》いでいたときまで遡《さかのぼ》る。

「イヨ、今夜が勝負よ！」

「——えーと？」

突然キコが告げた。戸惑うイヨにキコは言葉を被《かぶ》せる。

「ライホーを落とすのよ。今晩の慰労会で！」

「えっ？」

「えっ？　――じゃないわよ！　いい？　ライホーを酔わせて色仕掛けで迫ればアンタの美貌なら一発よ。好きなんでしょ？　ライホーのコト」

「そっ、それはそうだけど……でも話したのだって今日が初めてなのに、いきなりなんて……」

あぁ、もうこのコは。そんなんだからいつまでたってもオトコができないのよ！

キコは焦《じ》れる。

「そんなの関係ない！　ヤッちゃえばライホーだって情も湧くわよ。宿屋の女将とか細かいコトはヤッてから考えなさい！」

「細かいコトじゃないと思うんだけど……」

「細かいコトよ。あっちだって年増の未亡人が若いイケメンを誑《たら》し込んでいるんだから、少しは負い目があるわ。ライホーが少しくらい外で火遊びしたからっていちいち怒鳴り込んできやしないわよ」

自分と同い年のウキラのことを「年増」と切って捨てるキコの勢いに呑まれつつも、イヨはキコの言葉で引っかかった部分を訊き返す。

「火遊びの相手……なの？　私？」

「もう！　だから本気にさせるの。同い年の生娘美貌エルフとそこそこ美人の年増未亡人じゃスペック的にはアンタの勝ちは間違いないでしょ！　負けるんじゃないわよ！　それじゃ、早速手順を決めるからね」

そんな感じで策謀を巡らしていたキコにとっての想定外の事象――それはライホーがイギー並みの蟒蛇《うわばみ》で、どれほど呑んでもほろ酔いの域を出ないことであった……。


慰労会の翌日。

昼過ぎになってようやく目覚めた俺は、午後の温《ぬる》んだ日差しに微睡《まどろ》みながらつらつらと考えていた。

昨日、モーリーから治癒魔法をかけてもらって検証できたことがある。

それは、治癒魔法で怪我が治る仕組みについて――だ。

これまでに想定していたパターンは二つ。

一つは怪我をする前の状態に戻すこと。

つまりは時を遡及《そきゅう》することである。そんなイメージで描写されたアニメなども観たことはあったが、現実問題としてその難易度は高いだろう。また、この方法では能力値は成長しないはずだ。元の状態――つまりは何もしていない、何かする以前の状態に戻すのだから。

もう一つのパターンは回復を促進すること。

つまりは時を加速させることだ。これは実際に時計の針を早回しするのではなく、魔法で細胞分裂を促進し怪我の治癒を早める形になるのだろうが、この場合は何かを行った事実を消すわけではないので能力値は上昇するはず。

そんな想定のもと、俺はステータス画面を開く。

結果として能力値は上昇していた。

これは後者――つまり治癒魔法とは、細胞分裂を促進して怪我を治している可能性が高いことを示唆している。

ただこの場合、能力値が上昇するのはいいのだが、分裂を加速することでテロメア短縮が生じ、細胞の老化が早まる可能性があるのは考えものだ。まぁ、毎日のように治癒魔法をかけてもらうような極端なことをしなければ、さほど問題はないと信じたいところだが……。

残念ながら『図解！　パンゲア超大陸解説之書』にそこまでは記されていなかった。

◆◆◆

緊急依頼の翌日こそ、そんな感じで昼過ぎまで惰眠を貪《むさぼ》っていた俺であったが、二日連続でのんびりと休んでいられるほど、いいご身分ではない。

緊急依頼から二日後。

まだ少し気怠《けだる》い身体に鞭《むち》を打ち、俺は大森林の浅層部へと分け入っていた。

黴臭《かびくさ》い土の臭気が一昨日以上に鼻を突いた。魔物の死体はすでに領兵達によって処理され、ところどころに死体を埋めたと思しき跡が残っている。

が、新緑漲《みなぎ》る季節だ。それらも早々に草木に覆われ、目立たなくなることだろう。

さて。今日俺がここに来た目的――それは重力魔法、それもオーガの目を墜《お》としたあの方法を検証するためだ。

早速俺は手頃なゴブリンを探す。

とはいえ、二日前にあれだけ狩ったのだから、さすがに簡単には見つからなかったが、それでもゴブリンはゴブリンである。どこからともなく湧いてきて、いずこかで野垂れ死ぬ――かつてポンコツ神がそう評したように、奴はどこからともなく湧いてきた。

ゴブリン一匹であれば、もはや俺の敵ではない。なにせ一年にも亘《わた》りお師匠のもとで修行に励んできたのだ。前世では武術の心得など一切なかった俺であっても、ゴブリン程度は十全にいなすことができるほどに戦闘技術は高まっていた。

ゴブリンが振るう錆《さ》びた剣をサイドステップで右に躱《かわ》した俺は、バックブローの要領で左手に装備している丸小盾を奴の側頭部に叩《たた》きつける。転移直後、あれほど苦戦したゴブリンが、たったそれだけで昏倒《こんとう》していた。

俺はゴブリンの胴を素早く縄で結わえ、反対側を木の幹に縛りつけた。これで縄の長さの範囲で動く、生きた練習台の完成だ。

それから生活魔法で生み出した水をゴブリンに浴びせかけた。

混濁した意識の中にいたゴブリンは、その刺激でようやく目が冴《さ》えたようだ。と同時に、俺に殴り倒されたことを思い出したのか、激昂《げっこう》して向かってきた。

――さて、そうしたら検証開始だな。

ダメだ。まったく使い物にならん……。

俺は目の前で倒れるゴブリンから視線を外して呟《つぶや》く。

一昨日の緊急依頼では重力魔法でオーガの隻眼を墜《お》とした俺だったが、その業はとても実戦に投入できるものではなかった。

というのも、対象物が小さい分、少ない魔力で多大なる効果を得ることができる反面、小さすぎるが故に精緻な魔法制御なくしてはよほど近距離でもなければ当てることすら叶《かな》わなかったからだ。

結果、現実にはあのときのようにほぼ密着した状態でもないと当てることは不可能だった。オーガ相手に二度とそんなことはしたくないし、ゴブリン相手であればそんなことをしなくても仕留めることができる。つまり、使いどころがない。

この世界で初めて重力魔法を使ったとき、ほとんど狙いを定めずともゴブリンにバンバン当たったので、それがこの魔法の仕様なのか――と思ったものだが、対象物が小さくなるにつれて難易度が増していくだけだったようだ。

空間魔法による異空間の穴拡張の件もあり、今後も魔法制御の鍛錬は続けるつもりなので、いずれ命中精度も高まると思うが、それがどの程度の効果を発揮するかは不明だ。

いずれにせよ現時点では、あのように差し迫った事態でもなければあの業の使いどころはないと考えたほうがよさそうである。

ちなみに俺は、眼球以外であっても——例えば腕や脚などの特定部位を狙っても、重力魔法が部位限定で効果を発揮するのかについても試してみた。

こちらのほうはバランスを崩してよろめかせたり、うまくいけば転ばすことができるなど、オーガは無理にしてもオークならばタイマンで狩ることが可能と思われる程度には、その効果を実感することができた。

その一方、対象となる部位とほかの部位との一体性があればあるほど魔法が全身へと拡散してしまい、特定部位への効果としては薄まってしまうことも判明した。

そういう意味で眼球は、比較的ほかの部位からの独立性が高く、対象も小さいため魔力消費は少ない。それでいて相手に与えるダメージは大きいのだから、攻撃には最も適した部位と言えるだろう。無論、当たらなければ意味がないが……。

それと、あのときは無我夢中だったこともあり、あまり意識せずに使っていたが、魔法は掌《てのひら》だけでなくどこからでも放てるようだ。

ただ、これも検証したところ、指向性を持って放つには身体の部位の先端からのほうが命中精度は高くなるようで、同時に威力も増す傾向にあるようだ。

いずれにしても今回は重力魔法に助けられたが、とてもチートとは言えない。この先どうしたもんかと悩んではみたものの、明確な答えが示されるわけでもない。

お師匠のトコで剣でも振るか……。

問題を先送りにした俺は、とりあえずお師匠の道場に足を向けたのであった。

「新たな情報は特段ないか……引き続き調査を継続せよ」

騎士団長、あるいはトゥーラから、ライホーの身辺調査報告を受けたコペルニク伯爵とギルマスは、別々の場所で奇《く》しくも同じセリフを吐いていた。

しかし伯爵のほうは、今後はさほど力を入れる必要はないぞ——と付け加える。

いつまでも一介の冒険者に拘《かかず》り合《あ》っていられるほど、領主とは暇ではない。冒険者ギルドでも密《ひそ》かにライホーの身辺調査を進めていることを嗅ぎつけていた彼は、調査を継続しつつも何か変わった動きがあったときだけ対応すればよいと判断した。

一方のギルマスは、ハイロード以外の冒険者がライホーにあまり接触しないよう、裏からそれとなく手を回すことをギルド幹部に指示した。

秘匿しているであろう魔法を除けば突出した才能を持たないにもかかわらず、ここ数日でライホーはオークも狩り始めていた。

おそらくあの男は何かしら稀有《けう》な魔法を隠し持っている。そして当然ながらそれを詮索《せんさく》されたいとは思っていないだろう。下手にそこをつつくような無遠慮な冒険者が彼に絡んだ結果、この街を出ていかれては困る。ソロで大森林に分け入ってオークを狩る力量に加え、ハイロードの連中が高く評価しているあの男に多少の便宜を図っても罰《ばち》は当たるまい——と、ギルマスは考える。

もっともそのせいで、どのパーティーからも声がかからない……と、今はパーティーに加入する気がないにもかかわらず、ライホー本人は落ち込むことになるのだが。

幕間　二年

あの緊急依頼から一年が経《た》った。

俺がこの世界に来て二年。

俺は突如お師匠から告げられる。

「お主は来月から指導料は不要じゃや！」

なにそれ？　マジ？　タダでいいの？

「お主の剣はもうこれ以上は伸びん！　この二年間、お主は本当に努力した。じゃがここいらがお主の限界のようじゃ。もう儂《わし》に教えられることはない！」

無論、免許皆伝ではない。まさかの頭打ち宣言であった。

お師匠が言うには、俺の剣の腕ではこれ以上の高みには至れないのだそうだ。絶対に無理――というわけではないようだが、さらに高度な技術を身につけるために乏しい才能で膨大な努力を重ねるよりは、得意な分野で能力を伸ばしたほうが効率がいい――そういうことらしい。

そんなことを明かさずに指導料を搾取し続けることだってできたはずだ。しかしお師匠はそれをせず、厳しい言葉ではあっても俺のために真実を告げてくれたのだ。

本当にありがたい。

元々俺に剣の才能がないことを見抜いていたお師匠は、最低限の攻撃技術と能《あた》うかぎりの防御技術、そして体捌《たいさば》きの基礎を徹底して教えてくれたようだ。お陰で、こんな俺であってもゴブリン数体であれば魔法なしでも捌けるようになり、戦闘職としてはようやく一人前——つまりはDランクレベルにはなれたようだ。

これ以上の剣の才がないことは残念だったが、俺はお師匠に心から感謝の言葉を述べた。

——まぁ、お主はアケフに良くしてくれたでな。奴は儂の剣を継ぐべき男じゃて。

そんな照れ隠し半分の分かりやすい言い訳をするお師匠が妙に眩《まぶ》しく見えた。

お師匠は続ける。

「それでも今まで身につけた技術を磨き続けることは無駄にはならん。サボれば腕も衰えてしまうぞい。お主には随分と儲《もう》けさせてもらった。道場に顔を出して剣を振り、弟子達と剣を交えるくらいならばタダでよいぞ——」

そんなお師匠の配慮に、俺は改めて謝意を捧《ささ》げたのであった。

さて。そうしたらキリもいいのでここいらでステータスを確認しておこう。

俺はこっそりとステータス画面を開く。

名前	ライホー
種族	人属
性別	男

年齢　22
魔法　生活魔法、空間魔法、重力魔法

	【現在】	【転移時】
体力	8	8
魔力	11	10
筋力	8	8
敏捷《びんしょう》	9	8
知力	12	11
合計	48	45

二年間あれだけ鍛えたのに、体力と筋力は伸びなかった。もちろん、小数点以下の数値は伸びているんだが……。

逆に敏捷の伸びは顕著であった。重力魔法で素早い動きを意識して経験を積んでいたからか？

そして魔力と知力は順調である。

体力は毎日空《から》になるまで使い切ることはできない。んなことをすれば疲労で倒れちまうからな。

でも魔力は毎日ほぼ空になるまで使うことができるし、一晩しっかりと休めば翌朝には満タンになっている。そうやって毎日限界ギリギリまで訓練を積んできた成果なのだろう。

そして少し前から思っていたことだが、この世界における能力値1ポイントの差は結構大きいようだ。8と9、9と10では目に見えて差が出るのだ。いわんや8と10では地力に相当の差が生じる。

当初はたった1ポイントの成長を物足りなく感じていたが、今後もさらなる努力を積み重ねていかなければと気持ちを新たにしたところである。

とはいえ、ここはステータス万能のゲーム世界ではない。

基礎となる能力値も重要だが、その上にステータス画面からは窺《うかが》い知ることができない技術をどれだけ積み上げることができるか——で、最終的な強さは決まる。

その証拠に、魔法を使わない状態の俺では、お師匠どころかアケフにもいいようにやられてしまうのだから。

そのアケフの能力だが——。

名前	アケフ
種族	人属
性別	男
年齢	17
魔法	生活魔法、土魔法

	【現在】	【初回閲覧時】
体力	10	8
魔力	8	7
筋力	11	9
敏捷	11	9
知力	8	7
合計	48	40

いや、チートっしょ？　これ！

まだ十七歳なのにステータスの合計値、俺と同じじゃん。こっちはポンコツ神に5ポイントもオマケしてもらってるんだぞ？

——とは思ったが、ほかの若い連中を見ても、やはり成長期はステータスの伸びがいいようだ。アケフは元々のポイントが高いから、結果としてすごい数値になっているだけで、伸び率自体はほかの連中と大差はない。

でも、さすがに最近は小数点以下の数値の伸び方も落ちているので、アケフの成長期もそろそろ終わりなのだろう。

そしてなにげに名前からは「（ガッキー）」がなくなっていた。

それがいつのころからなのかは忘れてしまったが、この二年で身長はほぼ俺に追いつき、体つきが一回りも二回りも大きくなったアケフから「ガキンチョ」の気配が消えたからなのだろうか。

もうこのステータス画面の機能、いろいろと無茶苦茶である。


さて。

先日、俺の冒険者ランクはDに上がった。

ようやく冒険者としては一人前。冒険者一本でもなんとか食っていけるランクだ。

俺の手持ちの金は白金貨一枚と数枚の金貨、あとは銀貨以下の小銭数枚を残すのみとなっていたが、今はギルドの依頼をこなすだけで生活費は賄えている。

これまで大きな怪我《けが》や病気はしていないし、仮にしばらく静養することになったとしてもなんとかなるだけの蓄えはある。昇格したことでさらに稼ぎもよくなるだろうから、とりあえず前途は洋々――とまでは言えないが、さほど心配することでもない。

かつてギルマスが言ったとおり、この昇格はほぼ最速のペースだが、そこそこの才能を持つ二十二歳の若者が真面目に依頼をこなしていれば、驚くほどの速さでもないそうだ。

まぁそうは言っても、「そこそこの才能」と「真面目に依頼をこなす」ってのを併せ持つ若者はそれほどいないとのことで、きっとそれなりのモンなんだろう。

正直、俺としてはさほど真面目に……ってわけではないのだが、なにせ前世がアレ《日本》だから、こっち基準だと過剰なくらいにアレ《丁寧》なんですよ。

とはいえ、剣のほうはお師匠から頭打ち宣言を突きつけられ、魔法チートがない状態は今も変わらない。ポンコツ神のオマケのお陰で能力値は平均よりは高いものの、極振《きょくふ》り禁止令のせいで突出した才能もない。

それでもなんとか日々の生活が成り立つ程度には冒険者として稼げている今日このごろだ。


ウキラともよろしくやっている。

あの金貸しとの一件以降、彼女の成長には目を見張るものがある。

日々の女将《おかみ》業で多忙にもかかわらず、ウキラは半月ほどで四則演算をマスターすると、その後も女将として多くの経験を積む中で宿の経営にもいろいろと工夫を凝らしているようだ。

俺はあまり具体的にはかかわっていないが、それでもときに意見を求められ、俺の拙《つたな》い前世知識を今世ヴァージョンにリメイクして披露すると、彼女はそれをすぐに自分のものとして経営に取り入れていく。

仕入れ方法の見直しや資金の回し方、そして人の使い方——例えば近隣の同業者と共同仕入れをすることで納入業者に対する価格競争力を向上させた事例などは、単に仕入れ価格の低減が図られただけでなく、同業者からの信頼を得ることにも繋《つな》がっていた。前世の高度な企業経営や統治と比較すれば児戯にも等しい工夫だが、それでも今世のしがない個人経営の宿屋業としては革新的な手法であった。

こうして、右も左も分からない若女将だった彼女は、いまだ若女将と呼ばれる年齢にもかかわらず、酸いも甘いも噛み分ける大女将へと変貌を遂げようとしていた。

前世でもふとしたきっかけで化ける人材はいたけれど、ウキラはまさにそれであった。

そんなわけで宿の経営も好調で、すでに彼女は冒険者ギルドからの借金も返済を終えていた。

借金を返し終えた今、収入は明らかに俺よりも多い。

三部屋程度のこぢんまりとした宿の経営では物足りないのではないか――そう思わせるほどに、彼女は経営者としての才覚に恵まれていたのだ。

なんだか段々とウキラが遠い世界に行ってしまうようで一抹の不安も覚えるが、夜のほうは明らかに俺のほうが優位を保っており、そんなギャップに萌《も》えている俺もいる。

どうにも妙な性癖で困ったもんだが、今さらそれは変えようもない。それはそれとして楽しんでいくしかないだろう。

それにまぁ、ウキラもそういうの嫌いじゃないみたいだしな……。

そんなわけで、経営方面では俺の手を離れつつあるウキラだが、アッチ方面ではまだまだ教えることがあるようで、もっともっと頑張らなくては……と思いを新たにしたところだ。


転移から二年。

俺はそんな日々を過ごしながら今日もウキラと眠りに就いたのであった。

第七章　古城

「古城の討伐依頼を受けたんです」

俺がお師匠の道場で汗みどろになって剣を振っていたとき、おもむろにアケフが語りかけてきた。

「古城」とはこの街に住まう者なら誰もが日々目にする、街の北西の切り立った小高い山の頂に佇《たたず》む、朽ち果てかけた城のことである。

それはコペルニク伯爵が領都コペルニクを含むこの半島周辺をパルティカ王国から拝領する以前、この地を数百年に亘《わた》って支配した一族の詰めの城であった。

その一族はパルティカ王国の侵攻に最後まで抵抗し、ついには街を逃れてその詰めの城に籠《こ》もり、一族郎党ことごとくが討ち死にしたと伝えられている。尚武の気風を尊び、領民からも慕われたなかなか手強《てごわ》い敵だったようで、この地を拝領したコペルニク伯爵家もその後の統治には難儀したらしい。

その古城だが、独立した領主であればいざ知らず、王国内の一領主であるコペルニク家にとって詰めの城の必要性はさほど高いわけではない。なんでも領都コペルニクを守り切れないと判断したときは、街を捨てて王都方面に向けて地獄の撤退戦を行うことで、敵に損耗を強いるとともに時間を稼ぐよう王家からは言い渡されているらしい。

そんなわけでコペルニク家にとってこの古城は無用の長物なのだが、かといって手間暇かけて取り壊すほどでもない……ということで永らく放置されてきたわけだが、時折そこにたむろする魔物を間引いておかないと、増えすぎた魔物が領都を脅かすことがあるそうだ。

そこで定期的に伯爵家は冒険者ギルドに魔物の討伐を依頼する。依頼を受けたギルドは伯爵家の依頼を確実にこなすため、また、当然のことながら街に危険が及ばないようにするため、そのとき最も活《い》きがいい売り出し中のパーティーに請け負わせることにしていた。

そしてその依頼を受けることはパーティーの箔《はく》付けにも繋《つな》がることから、将来有望な冒険者達にとってそれは「成功への登竜門」とも言われていた。


「そりゃよかったな！　あの依頼を任されるってことは、ハイロードがギルドから認められた証《あかし》だ」

「ありがとうございます。ただ……」

うん？　ただ……なんだ？

「ギルドから特にと要望がありまして、その……この依頼、ライホーさんも一緒に受けてほしいとのことなんです」

「は？　俺が——か？　なぜ？」

「分かりません。ですが、あの緊急依頼のときはライホーさんもハイロードと共に戦ってますし、ギルドから目をかけられたんじゃないですか？」

目をつけられたの間違いじゃないか？　とも思ったが、あり得ない話でもない。

あの緊急依頼から一年が経過するころになると、俺はギルドからやたら強い圧を受けていた。

曰《いわ》く、パーティーには加入しないのか？　曰く、ハイロードはどうだ？　曰く、お前が加入してもハイロードがCランクに落ちることはないぞ……と。

その言葉どおり、緊急依頼から約一年後、モーリーは冒険者個人としてBランク入りを果たした。これによりハイロードはBランクのキコ、イギー、パープル、モーリーの四人とCランクのイヨ、Eランクのアケフの六人パーティーとなり、そこにDランクの俺が加入したとしてもBランクが過半を占めるため、パーティーとしてのBランクは揺るがないのだ。

なんだか俺を加入させるためにモーリーをBランクに昇格させたかのようだが、さすがにそんなことはなく、モーリーは依頼で大怪我《おおけが》を負ったほかのCランクパーティーの治療に辣腕《らつわん》を振るい、それをギルマスから高く評価された結果、昇格を果たしたそうである。

ギルドの受付嬢トゥーラにも確認したが、どうやらBランクへの昇格は一定程度のギルドへの貢献に加えてギルマスの推薦によって決まるらしい。

ちなみにCランクへの昇格は、冒険者ギルドが課した試験に合格する必要がある。

そしてこの昇格試験は年に四回、季節の変わり目ごとに行われるが、Dランクに昇格後はいつでも受けることができるのだ。そこはある意味、実力主義のギルドならではであり、あのオークリーが合格してしまうほどに雑ではあっても、冒険者としての最低限の資質はDランクに昇格させるときに判断しているということなのだろう。

……が、なんと俺はその試験に二回連続で不合格となっている。

だってしょうがないじゃない？

この昇格試験、通常はそれぞれの得意分野を審査することになるのだが、戦士や魔導師であればそれぞれに相応《ふさわ》しい試験官とのタイマンで判定され、中衛職であれば弓や短剣術、トラップ解除の腕前が試される。しかし俺はそのいずれにも該当しない。そもそも俺のようなオールラウンダーはあまり想定されていないのだ。

前衛としての剣の資質だけを見ればCランクには届かず、重力魔法の詳細を明かす気がない以上、魔法職としても使えないただのおサイフ野郎《空間魔法持ち》……との判定に至る。とすると、どうしても決め手に欠け、不合格とならざるを得ない。

ソロでオークを狩るほどの冒険者ともなれば、通常は一発で合格するものらしいが、俺はここで半年も足踏みしていた。

「この討伐依頼は最終的にギルドが検分しますから、ライホーさんのCランクへの昇格試験も兼ね合わせてくれるそうです」

はいー？　――俺は随分と間抜けな面《つら》でアケフを見返していた。

「だから、ライホーさんの真の力、総合力を確認したいんでしょ？　ギルドとしても」

なるほど。ギルドとしては魔核の納入などでそれなりの実績を示している俺の実力を正確に把握したいし、さらに言えばCランクにも昇格させたい。にもかかわらず俺はなかなか昇格試験に合格しない。仕方なくオールラウンダーとしての資質を見るべく、この依頼に俺を捻《ね》じ込もうとしているのだろう。

「それにキコさんが言っていました。部屋の壁で仕切られている古城内では、視覚と聴覚頼りのイヨさんのほかに気配察知ができる斥候がいると心強い……だそうです。気配察知に関しては僕なんかよりライホーさんが飛び抜けているでしょ？　なんとか頼めませんか？　ライホーさんにとっても悪い話ではないですし」

たしかにアケフの言うとおりだ。

このまま昇格試験を受け続けても当面は合格する見込みはない。それよりもこの依頼で凄腕《すごうで》の斥候職、そしてそこそこの腕前の前衛職としてギルドの評価を受けることができれば、Cランク昇格への道も拓《ひら》ける。

「おう、受けろ、受けろ！　お主はさっさとCランクに上がっておけ！」

少し離れた場所で俺とアケフとの会話を聞いていたお師匠が、囃《はや》し立てるように会話に加わってきた。

「Cに上がっちまえばギルマスの奴がすぐにでもBにしてくれるわい！」

「いや、さすがにすぐに……ってことはないでしょ？」

「でも、ない話じゃないですよ。ギルマスはライホーさんを気にかけてるって聞いたことありますし、少しギルドに貢献すればすぐにでもBになっちゃうんじゃないですか？」

そうか、ここは前世とは違うんだ。公正性とか平等性とかの法治的な建前がまったくないわけじゃないけれど、それよりもずっと人治に寄った社会なんだ。

今このときだってギルドから目をかけられているから、こんなイレギュラーな形での昇格試験が打診されている。

なら、あんま拘《こだわ》らないで受けておくか。偶然か意図的かは知らないけれど、一緒に活動するのは気心が知れたハイロードの連中なんだからリスクも少ない。ってか……偶然じゃないわな。

まぁいいさ。

俺はそう呟《つぶや》くと、汗を拭《ぬぐ》い、この依頼を受けるべくギルドへと向かったのであった。


それは雲一つない晴れ渡った秋の日だった。

空が高い。「青」という色はこの空を表すためだけに先人が創作した――そう評しても過言ではないほど、澄み渡った青が広がっていた。

乾燥した心地よい風が俺の頬《ほお》を撫《な》ぜていく。

気温はおそらく二十度には達しない程度。じっとしていれば若干肌寒いところだが、防具を身に纏《まと》い秋の陽《ひ》を受けて進む俺達には最適な気候であった。

「ところでギルドの――アンタは戦闘には加わるのか？」

「サーギルだ。昨日の顔合わせのとき名乗ったはずだぜ？」

「悪いな。んで、どうなんだ？」

討伐依頼、そして俺の昇格試験の検分役としてギルドから派せられた男は、サーギルという名の冒険者上がりのギルド職員で、地味だが堅実な斥候職の中堅冒険者であったという。冒険者としての最終的なランクはBとのことだが、ギルド職員に就くことが決まった冒険者の箔付けとして、引退間際にギルマス権限でBランクに昇格させることは間々あるらしく、サーギルもそんな冒険者の一人だった。

何ともまぁ人治な世界ではあるが、オークリーがCランクのまま引退してギルド職員になっていることからも分かるとおり、誰も彼もってわけではないらしく、冒険者時代の腕はもとより、それなりの人品や頭脳も要求されるのだとか。

受付嬢のトゥーラによると、サーギルは尾行や各種調査、罠《わな》の解除にも長《た》け、ギルドとしては非常に使い勝手の良い手駒なのだとか。

さっきは名前の確認のためにいちいちステータス画面を開くのもメンドイので「アンタ」で済ませてしまったが、平均寿命が五十歳そこそこのこの世界で、サーギルは四十二歳にしては高い能力を維持する、小柄だが引き締まった肉体の俊敏そうな男であった。

ステータス画面によると能力値の合計は37。とりわけ、敏捷《びんしょう》値は二桁の10ポイントを維持し、斥候職としてならば現役でもいけるレベルだ。

「俺はアンタらの最後尾から眺めてるだけだぜ。罠や危険を察知しても俺が巻き込まれなければ教えないし、魔物が襲ってきても基本回避するだけだ。無論、避《よ》け切れないときは戦いもするがね」

まぁそうだわな。

それ以上の会話の必要を認めなかった俺はそこで話を打ち切り、イヨの横へと移動して彼女に訊《たず》ねる。

「なぁ、あのサーギルって奴、同じ斥候職のイヨから見てどんな腕前なんだ？」

「サーギルさんは私がコペルニクの街に来たときはまだ現役だったから、私もベテランの彼からはいろいろと教わることも多かったのよ。ライホーと違って紳士――ってわけじゃないし、イヤらしい目で見てくることもあったけれど、冒険者の中じゃ比較的マシなほうなんじゃないかな？」

イヨの中での俺への評価が異様に高い。

俺なんてポンコツ神の言葉《のろい》があるからヤらないだけで、そうじゃなきゃ絶対に手を出している。

だってエルフだよ？　それも俺に好意を持つ超絶美貌の……。

まぁその話は措《お》いておくとして、今は斥候としての腕前の話だ。

先日アケフは、部屋の壁で仕切られている場所は視覚と聴覚頼りのイヨには不向き――みたいなことを言っていたが、サーギルはそこら辺はどうなのだろうか？

「サーギルさんはライホーやアケフみたいな気配察知もできるみたい。でも多分アケフと同じくらいかな。ライホーレベルでできる人なんていないわよ！」

なるほど、視覚と聴覚がいいだけではなく気配察知までできるのか。斥候職としては有能そうだな。能力値を見る限りおそらく全盛期ならBランクでも問題はなさそうだ。

たまたま依頼やパーティーに恵まれず、ギルドへの貢献が不足して長らくギルマスの目に留まらなかっただけってパターンか。引退間際のギルマス権限でのBランク昇格って、そういう人の名誉回復って意味合いもあるのかな？

前世だって、仕事はできるし人格もマトモなのに、手柄や上司に恵まれず出世できなくて燻《くすぶ》っている人っていたしな。どこの世界も同じ……ってか、むしろ名誉回復の機会がある今世のほうが報われているのか？


コペルニクの街を出てから二時間ほど経《た》っただろうか。

この間、数度の戦闘でボア系、そしてウルフ系の魔物を蹴散らしつつ山道を進む俺達の前に、朽ち果てかけた古城が姿を現した。

街から見上げていたときは城というより砦《とりで》のように感じていたが、間近で目にすると小規模ではあるものの城壁の石積みが威容を誇るまさしく城であった。

ただし、木製の部位は朽ち果てて原形を留《とど》めず、蔦《つた》の類《たぐい》が城壁を伝い、前世で例えればバブル崩壊後に経営不振で放置された地方のテーマパークの建物のようでもあった。

玄関の開口部を塞《ふさ》ぐ責務を放棄したらしい扉の残骸を乗り越え、俺達は城内へ入る。

その無遠慮かつ突然の訪問を受け、城の奥底で蠢《うごめ》く何かしらの魔素を感知した俺は、アケフとサーギルに視線を送ったが、彼らは特段反応を示さなかった。

さして大きな魔素ではない。気にすることもないか――そう考えた俺は、ゆっくりと黴臭《かびくさ》いホール内を見渡してから呟く。

「ホント、何もないんだな……」

「これまで依頼を受けた連中が根こそぎにしているからな」

サーギルのその言葉どおり、ホールからは金目の物はすでに持ち去られ、錆《さ》びてほとんど使い物にならなそうな剣や槍《やり》、折れ曲がった燭台《しょくだい》などが乱雑に放置されているだけであった。

「だが、前の領主の城とはいえ、今はコペルニク伯爵の所有物じゃないのか？　勝手に持ち去ったりして問題にはならなかったのか？」

「その持ち去る乱取り分も含めた依頼料なんだよ。伯爵にしてみればゴミ漁《あさ》りを許す代わりに依頼料は低く抑えているのさ」

「だとすると俺達みたいな後発組は分が悪いな。金目の物はもう何も残っていないんじゃないのか？」

「だからここ最近は有望な冒険者の登竜門なんて名誉を上乗せしてるだろ？　その名誉も込みの依頼料ってことさ。実際のトコ、ここいらにゃお前らの実力からして苦戦するような魔物なんかいないぜ。俺がガキのころには全滅して行方不明になったたってパーティーもいたようだが、おそらく油断したのさ。つえー魔物なんていやしねーよ！」

をぃ、止《や》めろ！　フラグ立てんな！

慌ててサーギルの口を塞いだ俺の振る舞いは、ほかの連中からは怪訝《けげん》な目で見られたが、それでもフラグは折っておかなくてはならない。

あんな分かりやすいフラグなんて立てられたら、それこそドラゴンでも出現しそうだ……ってか、こうしたことを思うだけでもそれがそのままフラグになってしまうのが、このフラグという存在の厄介なところだろう。

無理矢理サーギルを黙らせた俺は、強引に話題を変える。

「んで、これからどうすんだ？　キコ」

「まずは……このホールを暫定的な拠点にして、城の周囲の確認だね。その後は少し休憩してから一階層の魔物を討伐しよう。一階層の魔物の気配はどう？　ライホー」

「ちらほらってところだ。そんなに多くはない。大きな気配も感じないな」

「おいおい、ライホー！　お前、そんなことも分かるのか？」

サーギルが驚く。

「アンタだって分かるんだろ？　イヨに聞いたぜ」

「ライホーさんのレベルでできる人なんていませんよ。ねぇ、サーギルさん」

「アケフの言うとおりだ。俺もアケフも少しはできるつもりだが、この階層全域をカバーするなんて……お前なぁ」

呆《あき》れて徐々に声が小さくなったサーギルにモーリーが訊《き》く。

「もうライホーには昇格試験なんて必要ないんじゃないですか？　サーギルさん以上ならCランクで問題ないんじゃないかなぁ」

「ホントに感知できているなら――な。でも実際にそうなのかを確認しねーとよ」

「ははっ、たしかに。自己申告では昇格させられませんよね」

その後、俺達は城の周囲の探索を行うべく、キコとアケフを先頭に一団となって歩き始めた。

魔法組の護衛にはイギーが付き、イヨも遊撃として周囲の警戒を怠らない。ここまでで六人パーティーとしての彼らは完成している。何の不安もないフォーメーションである。

俺はそんな彼らのあとに、サーギルはさらにその後ろから続く。

「あれ？　池があるね！」

先頭のキコが素《す》っ頓狂《とんきょう》な声をあげる。

それは石材で囲われたしっかりとした造りの池で、雨水を溜《た》められるようになっていた。おそらく貯水槽としての機能も併せ持つのだろう。長年放置されていたため、水底には落ち葉などが堆積していたが、池の上部に半分迫《せ》り出した庇《ひさし》のせいか、あるいは風向きのせいか、その堆積度合いは少なく、いまだ充分に使用に耐えるものであった。

「城壁と比べると随分とキレイだね」

「水に異物が混入しにくいように場所や配置を考えて造ったんだろうね。生活魔法の水だけじゃ魔力が足りないときもあっただろうから、井戸も掘れない山城では雨水だって貴重だよ。それに使われている石材からも微量の魔素を感じるから、もしかすると特殊な加工も施してあるのかもね」

モーリーが分析する。

「こっちには空堀があるよ」

「背後からの敵を防ぐためだろう。こっちは随分と土砂が流入して浅くなっているな。造ったころはもっと深く、傾斜も急だったと思うぞ」

俺も前世での山城の知識を生かして会話に加わる。

そして陽が中空に差しかかるころ、俺達は城の周囲の探索を終え、付近に危険物や魔物の巣がないことを確認した。

ホールへ戻った俺達は、二手に分かれて交代で三十分ほど休憩をとる。

今日は日の出とともに急峻《きゅうしゅん》な斜面を登り、ときに魔物とも闘いながらこの古城に辿《たど》り着いたのだ。

この世界では明確に昼食という概念はないが、少しは身体を休め、腹に何か入れておかないと午後からの討伐に差し障る。

俺はオーク肉のジャーキーとナッツ類をよく咀嚼《そしゃく》して嚥下《えんげ》すると、生活魔法で口腔《こうこう》内に直接水を生み出して口を漱《すす》ぐ。この口腔内に水を生み出す手法は、皆も聞いたことがない珍しい魔法の使い方らしく、通常、生活魔法で水を飲む際は、掌《てのひら》に水を溜めて飲んでいるらしい。

以前、俺がこのやり方をアケフに教えると、彼はパーティーメンバーにも伝えたようで、パープルとモーリーの魔法組は容易《たやす》く真似をしてその利便性の高さに感心していたようだ。しかしこれは意外とコツがいるらしく、アケフとイヨは半月ほどの訓練でなんとかできるようになったが、キコとイギーはもう諦めてしまっている。

このように同じ生活魔法でも、その使い方や練度は人によって様々で、比較的魔法に親和性が高い者ほど高度な使用が可能となるようだ。

一階層の魔物の駆逐は順調だった。

たしかにサーギルが言ったとおり「つえー魔物なんていやしねーよ！」である。

俺が魔素察知の力で次々と魔物が潜む位置を特定し、キコとアケフが急襲して始末するといったコンボで、魔法組やイヨの出番はほとんどないまま階層の過半を掃討してしまった。

「ライホー、お前、マジで階層全域を察知できるんだな？」

「だからそうだって言っただろ？　まぁ、サーギルが信じられなかった気持ちも分かるがな」

「ったく、どんな訓練積んだらそこまでできるようになるんだよ？　もういいさ。この依頼、無事に完了すればお前はCランクだ。おめでとさん」

「よかったですね。ライホーさん」

「あぁ、ありがとう。アケフ」

「ただ、言っとくぞ、ライホー。お前さんの剣技はせいぜいDランクだ。今回は斥候技能も込みの昇格だが、もう少し腕を上げないとこの先はキツイぜ！」

そんな会話を重ねつつ、ちょうど一階層の半ばあたりを過ぎた部屋に入ったときであった。

——何だ？　この違和感は？

うまく説明はできないが、何かが引っかかる。

強大な魔素が漂うだとか、それが急速に接近してくるだとかといった直接的な脅威ではないが、なぜだかしっくりこない。

俺はキコに断りを入れてから、アケフと共に一度部屋を出て、この部屋に入る前に潜入した隣室に戻ってみた。そこで俺は先ほどは感じ得なかった違和感を新たに覚えた。

「何か感じないか？　アケフ」

「いえ、特段何も……ライホーさん、何か感じるんですか？」

「いや、分からないんだ。分からないんだが、何かが引っかかる……」

俺はその場でしばらく考え込んだが、何も閃《ひらめ》かない。今回は毎度お馴染《なじ》みの逆に考えても何も分からなかった。

しかし、これ以上はあまり拘っていても仕方がない。即応が求められる危険が生じていない以上、とりあえずは後回しだ。

俺達は隣室で待つキコ達に合流すべく部屋を出た。

「すまない。具体的には説明できないんだが、何か違和感があってな」

「そういう感覚は大事だぜ。特に斥候職はな」

サーギルはそう言ってくれたが、何もなければ無駄に皆を惑わせてしまうことになる。

「けれど具体的な脅威がない以上、今は一階層の掃討を先にしましょ。でもみんな油断はしないで。ライホーがそう言う以上、何かあるのは間違いないんだから」

キコは現実的な対応を提示しつつもしっかりと俺をフォローしてくれる。ホントこの子、若いのにオトナだなぁ。

その後、俺達は陽が暮れるまでに一階層の全エリアを制圧した。

やはりサーギルが言ったとおり、強力な魔物は存在せず、前半戦と同じく魔法組やイヨの出番はほとんどなかった。

暫定的な拠点としたホールには、上層階へと続く大階段と地下層へと続く隠し階段があった。

もっとも隠し階段のほうは入り口の木製扉が朽ち果てており、隠す機能はまったく果たせていなかったが……。

俺達はこの暫定的な拠点を引き払い、ホールに隣接した小部屋を新たな拠点とした。そして、ホールの大階段と隠し階段を監視しつつ夜を明かすことにした。

小部屋の入り口には自然な形で瓦礫《がれき》を積み上げて目隠しとし、二人一組の見張りを立てて身体を休める。このときばかりはサーギルもローテーションに加わり、四組で見張りを回すことができるので、野営としては比較的長時間の休息を取ることができる。

斥候スキルが高いサーギルとイヨ、そして気配察知ができるアケフと俺の四人は別々の組になるため、この日俺はパープルと組むことになった。

「パープル、アンタとはこれまであまり話す機会がなかったな」

「あぁ」

相変わらずパープルからは言葉を交わそうとする意志が感じられない。酒精を入れてやればこの鉄仮面が笑い上戸になることは知っていたが、さすがに見張りの最中にそれはできない。

仕方なく俺はアケフ繋がりで会話を切り拓こうと試みた。

「そういやアケフの魔法の師匠はアンタなんだってな？　どうだい、アケフは？」

「覚えは早い。が、あいつは剣に生きる類《たぐい》の男だ」

少し長いセリフ、いただきましたー！

「魔法は不要……ってか？」

「違う。アケフは剣を優先して極めるべきだ。が、魔法が不要というわけではない……」

んで？

続き、はよ！

しかしパープルからは続く言葉は発せられなかった。仕方なく俺は、それは――？　と先を促してみた。ホントメンドイな、コイツ。

「凄腕の剣士が魔法による遠距離攻撃も放てるとしたらどうだ？　たとえそれが簡単な土塊《つちくれ》程度であっても」

「厄介だわーそれ。ってか、俺がいつもお師匠のトコでアケフとヤッてるやつだし」

「お師匠とはハーミット殿だな？」

なんだ、パープルみたいな奴でもお師匠は「殿」呼ばわりなんだ？　やっぱお師匠はスゲェな……。

「あぁ、お師匠もアケフには魔法よりも剣を優先して極めさせようとしていたぜ。剣と魔法、双方の師匠がそう言うなら間違いないいんだろうよ。これ以上アケフが強くなったら俺もそう簡単には勝てなくなるんだろうな……」

そう言い放ったとき、鉄仮面が目を剥いていた。

うん？　何だよ？

「ライホー、お前、まさかアケフに勝てるのか？」

おっ、おぅ！　すげぇ圧だな。

「まぁ五分五分ってトコだけどさ。……なぁ、アケフってやっぱそんなすごいのか？」

「Bランクのキコだってアケフより若干上なだけだ。それも経験の差があるからなんとかなっているだけで、純粋な剣の腕だけならキコと遜色ないと言っていたぞ。しかもアケフにはこの先の伸び代もあるんだ。そんなアケフと互角とは恐れ入るよ」

「俺は魔法も使うからな」

「お前の魔法には心底興味を惹《ひ》かれるところだが――これぱかりはこちらから訊くわけにはいかないしな……」

やはりパープルは魔導師としての矜持《きょうじ》が高い。コイツなら俺の魔法を見せたとしても他者に漏らすことはあるまい。一年半前の緊急依頼のときの彼の振る舞い、そしてそれ以降のハイロードとの交流も踏まえると、それは確信できる。最初のころに俺が彼に抱いていた「スカシイケメン、間違いなくイヤミ野郎」《あくまで個人の見解です》ではなくてよかったよ。

「パープル、俺はお前がオーガを一撃で倒したあの魔法を見せてもらった。あれがお前の秘術かどうかまでは知らん――が、少なくとも切り札的な魔法なんだろ？　そいつを曝《さら》け出してくれた代わり――といっちゃなんだが、俺の魔法も少しなら見せてもいいぜ……」

と、その言葉を語り終えぬうちに、パープルはガシッと俺の手を掴《つか》んできた。

あっ、やっぱコイツ魔法オタクなんだな……。

「慌てるなって。俺の魔法を見せる前に、お前のあの魔法について少し教えてくれ。あれは火と風の融合魔法でいいのか？　焔《ほむら》に風を送り込んで火力を増強していると見たが、どうだ？」

「初見でそこまで分かるのか。さすがだな」

掴んだ俺の手を放しつつ、目を見開いたパープルが呟く。

まぁ前世での初歩的な科学知識があればその程度は分かる。ありゃ、焔に酸素を送り込んでいるんだろう。こっちの連中に酸素なんて言っても分からないだろうが、新鮮な空気を吹き込めば火力が上がることは経験的に知っているようだ。

「理屈だけだがな。実際のところ俺は火魔法も風魔法も使えないし、たとえ使えたとしても同時発動した上に融合までさせるなんて器用な真似はできないさ。アンタの魔法の才能には恐れ入るよ」

ふんっ――――と鼻を鳴らして彼は俯《うつむ》いた。

あっ、これ絶対に照れてるヤツだ！　オトコのツンデレ、イクナイ！

「まぁ、アンタの魔法の話はこのくらいにして、俺の話に移ろうか」

俺はこの夜、パープルに重力の概念を説き、そして自分を含めた万物の重量を変化させることができる重力魔法の全容を明かした。

これはパープルに対する信頼はもちろんだが、今後、彼と高度な魔法連携を図るためにも必要な過程であり、俺はこのときハイロードへの加入を本気で意識し始めたのであった。

なお、重力の概念、そして重力魔法の汎用《はんよう》性を知ったパープルは、その夜、なかなか寝付くことができなかったという。

「皆、体調はどうだい？」

翌朝。キコの言葉に、問題ない――と皆が頷《うなず》く。パープルは寝不足みたいだけれど、ほかの連中は大丈夫そうだ。

「パープル、調子はどうだい？」

そう訊ねたのはモーリーだった。

彼も若干疲労が残っているように見えるパープルに気付いていた。

「あぁ、気にしなくていい。少々寝不足気味だが、昨夜この世界の真理の一端に触れ、多少気が昂《たかぶ》っているだけだ。疲労はあっても頭はすこぶる冴《さ》えているさ」

「！」

皆が一斉にパープルを見遣《みや》る。

――やっぱ調子悪いんじゃない？

――普段なら長くても「大丈夫だ、問題ない」くらいしか言わないのに……そんな長いセリフ、らしくないよ。

――そうですよ、無理しなくてもいいんですよ？

これまでの振る舞いからの自業自得ではあるが、パーティーメンバーからパープルへの返しは散々たるものであった。

とはいえ、体調が多少悪くてもやることはやってくれるのがパープルだ。

怪訝な表情でパープルを見詰めるモーリーとは逆に、キコはそれ以上気にすることなく切り替えて全員に告げる。

「今日は上層階を掃討するよ！　目標は最上階。皆、気合を入れてね！」

最上階である四階層は過半の壁をぶち抜いた領主の部屋になっていた。

無論、すでに荒れ果て、朽ち果て、辛うじてそうと分かる程度にしか痕跡は留めていなかったが
……。

二階層と三階層？

さほど語ることもないのだが、ザックリ言えば一階層と同じく金目の物は持ち去られ、荒れ果てていた。そして同じく俺の魔素察知で魔物の位置を特定してはキコとアケフが始末するといったコンボで駆逐しただけだ。

当然だが、ゲームのように階層が変わるたびに段々と敵が強くなる――といった仕様はないようだ。ただ、縄張り的なものが関係しているのか、生息する魔物の種類には一定の偏りはあった。しかし基本的には一階層と同程度の力量の魔物が跋扈《ばっこ》しているだけであった。

ほかに強いて語ることがあるとすれば、一階層で覚えた違和感、それと同じものをやはり各階層の半ばを過ぎたところで感じたくらいだ。

そんなわけでサクッと最上階に到達した俺達は、そこで小休憩を取ったのち、四階層の探索を開始し、それが終わると拠点にしている一階層のホール脇の小部屋へと戻った。

「今日はこのくらいにしてここでもう一泊しよう。で、明日地下層を掃討してから、午後にでもコ

ペルニクへ戻るよ！」

まだ陽は落ちていないが、キコは無理はしないと決めたようだ。中途半端に地下層を探索するよりも、ある程度の安全が担保されているこの拠点で身体を休めて明日に備える。安全マージンを取った妥当な判断だと思う。ほかのパーティーメンバーにも異論はないようだ。

方針が定まると俺達は今夜の見張りのローテーション決めに入った。

昨夜同様、サーギルとイヨ、そしてアケフと俺は別々の組になるため、必然的に組む相手は限られるが、なぜかパープルからの視線が熱い。

そんなパープルにキコから無慈悲な宣告がなされる。

「今日は昨日とは別々のチームでローテを回そう！　ライホーはアタシと。ほかはそれぞれで決めてね」

崩れ落ちかかるパープルの姿を、イヨが疑惑の眼差しで見詰めていた。

寝不足、世界の真理の一端を識《し》る、気の昂り……。今朝のパープルの言葉だ。

いや、違うから！　俺とパープルはそんな関係じゃないから！

「昨夜はパープルと話が弾んでたみたいだけど、まさか呑《の》ませたわけじゃないわよね？」

「いや、さすがにそれはないぞ。素面《しらふ》で語り合っただけさ」

「それにしちゃ、あのパープルが随分とご機嫌だったわね。今晩もアンタと組みたがってたみたいだし」

それが分かっていて引き離したのかよ？　まぁ俺としてもヤロウと組みたいわけではないから、それで全然構わないんだが……。

「実を言うとね、ライホー。今晩アタシがアンタと組んだのは、二人だけで少し話したいことがあったからなの」

そう言うとキコは真剣な眼差しを向ける。

「ライホー、アンタそろそろウチのパーティーに入らない？　前に誘ったときは見事に振られたけど、あのときアンタ、しばらくはパーティーに縛られず剣の腕を磨きたい――そう言ってたよね？」

あぁ、そうだったな――。

一年半前、あの緊急依頼の直後に俺は初めてキコからパーティーに誘われた。そして俺がパーティーに誘われたのはその一度きり。ハイロードはもとより、ほかのパーティーからもその後は一度も声がかかっていない。

「アケフから聞いたの。アンタ、あのお師匠さんからもう剣の腕は伸びないって言われたらしいじゃない？　ならもういいんじゃない？　パーティーに入ってもさ」

「あのとき俺は、勝てはせずともオーガ一体程度は単独で抑えられる腕前になりたい――たしかそうも言ったはずだ。そうじゃなければお前達の足手纏いになっちまう、そう思ったんだ。今の俺はキコの目から見てどうだ？」

「はぁ、アンタねぇ、アタシらはアンタを前衛にしたいわけじゃないのよ。前衛はアタシとイギーとアケフ。アンタは中衛よ。アンタ、あのころは苦戦してたオークを安定して狩れるようになったんでしょ？　中衛ならそれで充分。アタシらはそれ以上は望まないわ。それよりもアンタの気配察知の業とか、謎の魔法とかにはスゴク期待しているんだから！」

キコはそう言うと、俺に片手を差し伸べてきた。

「俺は昨夜、パープルに俺の魔法の秘密を打ち明けたんだ。今朝パープルがご機嫌だったのはそのためさ」

「じゃあ……」

「あぁ、この依頼が終わったら俺のほうからお願いしようと思っていたんだ。今回の俺の働きぶりを見てもらったあとで皆から判断してもらおう――って。けれど……またキコのほうから言わせてしまったな。スマン」

俺は差し伸べられたキコの手を握り返し、そう告げた。

「ライホー、歓迎するわよ」

「いいのか？　皆に相談もなしで？」

「皆もとっくにそのつもりよ。アンタだけよ、グチグチと要らんこと考えてたのは！」

翌朝、キコから俺のパーティー加入が皆に告げられた。

――ようやくですね。ライホーさん。よろしくです。

――魔法組の守りは任せた。

――同じ中衛同士、今まで以上にイロイロと話さないとね！

——今ならオーガ一体くらい、ボクと二人で抑え込めるかな？

——魔法の深淵《しんえん》……共に極めん。

厨二病《ちゅうにびょう》チックの怖いコメントと、同じ中衛職からの意味深なコメントは華麗にスルーさせてもらったが、ほかの連中とは朗らかに言葉を交わし、ハイロードは新たに七名体制で稼働することになった。


その後、俺達は地下層の掃討に入った。

結果、地下層はほかの階層の半分程度の広さしかなく、また、徘徊《はいかい》する魔物もほぼ存在しなかった。そのため、午前中の——それも早い時間帯に確認は終わってしまった。

「なんだか拍子抜けだったわね」

「だから言っただろ？　この辺にゃ、つえー魔物なんていねーってさ！」

相変わらずサーギルはフラグを立てるのに必死である。まるで何かに取り憑《つ》かれているかのようだ。ぜひとも止《や》めてほしいものだが……。

「それじゃ、依頼としてはこれで達成でいいのかしら？」

「あぁ、ギルドとしてはこれで構わないぜ。依頼達成だ。お疲れさん」

一階層のホールに戻ったあと、キコがギルドの検分役であるサーギルに確認するが、俺はそこに割って入る。

「スマンが少し待ってもらえるか？」

「なんだよ、ライホー？　お前さんのCランクも問題ないぜ」

「いや、そうじゃないんだ。これから皆にある提案をしたいんだが構わないか？　それと……その前にサーギルには確認したいことがある」

俺はパーティーメンバーの了承を得たうえで、サーギルに訊ねた。

「一昨日アンタは、この依頼は乱取り分も含めた依頼料だ――と、そして金目の物がなくなってからは有望な冒険者の登竜門という名誉を上乗せしている――そう言っていたな？」

「あぁ、そうだな」

「今でも乱取りのほうは有効なのか？」

「うん？　こんなガラクタ、金になんかならんだろ？」

「大事なことだ。確認しておきたい」

サーギルの目が鋭さを増す。どうやら俺の意図を察したようだ。

「あぁ、今でも乱取りは有効だぜ」

「それはこの城内のすべてのモノが対象なんだよな？」

「何を見つけたのかは知らんが、そのとおりだ。そこはギルドが伯爵と交わした覚書に明記されているさ」

「ちょっとライホー、どういうこと？　何を見つけたのよ？」

「あぁ、パーティーリーダーを差し置いて新参者が出しゃばってスマン。実はまだ見つけてはいないんだが、その辺をこれから説明させてもらうよ――」

第八章　トマソン

「一階層で察知した違和感の正体が分かったんだ」

「あぁ、あのときの？」

「無論、まだ推測の域を出ないんだが……」

「構わないよ。その推測とやらを聞かせてもらえる？」

「アケフ以外の皆にはまだ言っていなかったが、実は二階層と三階層でも同じ感覚があったんだ」

そう言って、俺は話を続ける。

「だがその違和感は四階層にはなかった。そして地下層にも。ポイントは一階層、二階層、三階層すべてが同じ位置だったってことさ。加えてさっきまで探索していた地下層は、上層階で違和感を覚えた位置までは広がっていなかった」

「それはどういうこと？」

「一階層に戻ったあと、俺はアケフと連れションに行っただろ？　あのとき一階層で違和感があった場所まで付き合ってもらったんだ。キコに無断で悪かったが、どうしても事前に確認しておきたかったんでな」

「えらく時間がかかっていたから、てっきりおっきいほうかと思ったよ。それにしても時間がかかりすぎだったから少し心配したんだよ？」

「スマンな。アケフのほうは俺が無理矢理連れ出したんで責めないでやってくれ。んで、話の続きなんだが――」

そこでサーギルが叫ぶ。


「隠し階段だな！」


「一階層から三階層には地下の隠し部屋へと繋《つな》がる隠し階段が――そしてその入り口は四階層のどこかにあるってことか……」

をぃ！　一番いいとこを取るな、サーギル！　ここは俺がドヤって言うところだろーが！

サーギルはその先の言葉までしれっとギっていった。

ぜったいにゆるさんぞサーギル！　じわじわとなぶり殺しにしてくれる！

怒りが頂点に達した俺は、無意識に五十三万にも届かんとする戦闘力を解放しようとした。

そこでアケフが慌てて間に入る。

「そっ、そうなんですよ。サーギルさん！　僕はさっきライホーさんからこの名推理を聞かせてもらって、もうチョー感動しました。さすがは・ラ・イ・ホ・ー・さ・んですよね？」

「おっ、おぅ、そうだな。よく気付いたなライホー、さすがだぜ」

俺の戦闘力に怯《ひる》み、やっちゃあなんねぇことをやっちまったことに気付いたサーギルは低姿勢で俺に擦《す》り寄る。

「つ、つまり違和感ってのは、廊下の長さよりも部屋が狭かったたってことだよね？　ライホー、スゴイ！　よく気付いたね。さすがだよ！」

キコもあからさまなベタ褒めで俺を持ち上げる。

さすがにここまで言われると俺も気恥ずかしいし、これ以上怒るのは大人げない。なんつったってこっちの精神年齢は五十二歳なんだから。

「ま、まぁな。俺も端《はな》から理由にまで思い至ったわけじゃなかったが、今にして思えばそれが違和感の正体だったたんだな。それに隣室であるはずの壁の向こうの気配もちょっと独特だったたんだ。おそらくあれは隠し階段内の気配だろう。地下層の行き止まりの壁の向こうからも何かしらの気配を感じた。絶対に何かあるぞ」

「俺は何も感じなかったが——アケフはどうだ？」

「いえ、僕も特に何も……」

「微弱な気配だったからな。強大な魔物がいるとかそんなんじゃないと思うが、何かあるのは間違いない」

これは魔素が存在しない地球からの転移者である俺じゃないと察知できないほど微弱な魔素だ。アケフやサーギルでは無理だろう。

「じゃあ、また四階層まで行ってみるかい？」

「そいつを皆に提案したかったたんだ。無論リスクはあるが、もし地下層に隠し部屋があるのならば、そこには何かしらの発見があるはずだ」

「位置的にはこの辺だな」

全員一致の賛同を得て四階層に戻ってきた俺達は、下層階で違和感を覚えた場所の直上にいた。

「あったわよ」

手分けして付近の床、特に石畳の継ぎ目に偽装されているであろう隠し階段の入り口を探していた俺達だったが、イヨは床ではなく幅広な支柱の一面に偽装されていた扉を容易《たやす》く発見した。

扉のノブは巧みに意匠の一部として偽装され、金属の一枚板の扉そのものが支柱の一面を成しているため、通常であればその扉を発見することは非常に困難だっただろう。

「よく分かったな、イヨ」

「風が——風音が聞こえたのよ。この柱から」

「ほぅ、嬢ちゃんは俺よりも耳がイイんだな。気配察知も聴覚も俺に敵《かな》う奴なんて滅多にいないはずなんだが……お前達と一緒にいると自信をなくすぜ」

サーギルが自虐的にイヨを褒めるが、気配察知と聴覚の双方をここまでのレベルで一人でこなせる奴はほとんど存在しない。それを考慮すればサーギルは腕のいい斥候なのだ。

「じゃ、早速行きましょ。オーガが出るかスネークが出るか。いずれにしても油断しないで！」

キコの号令一下、地下層へと続く扉を開けると、奥底からむっとするほどの饐《す》えた臭《にお》いが漂ってくる。

扉は自閉式であるようだ。俺達は一度アケフとイギーを四階層に残して扉を閉じ、内側からも開けられることを確認した。閉めたはいいが閉じ込められました――なんてことにならないよう、こうした細かい確認は丁寧に行う必要がある。

その後再びアケフとイギーを加え、俺達は巧妙に隠されていた扉の奥に続く石段を下っていく。

三階層、二階層、一階層と下り、俺達はついに地下層の領域に足を踏み入れた。


そこはそれなりの広さの部屋になっていた。

後方には今し方下りてきた石段があり、前方にはさらに下りの階段が続いているようだ。

その部屋の中央付近へと近付いたとき、サーギルが待ったをかけた。この男がそうするときとは、彼自身にも危険が及ぶ場合だけだ。

事実、俺達の前後には二つの魔法陣が同時に出現し、それぞれから一体ずつ巨大なゴーレムが形成されつつあった。

俺は即座にステータス画面を開く。

やべぇ相手だな――それが最初の感想だった。

ステータス画面のすべてを明かす気はないものの、パーティーに加入すると決めたとき、俺は敵の強さをある程度把握できる能力があることを皆に伝えるつもりでいた。

今ここでそれを明かしてしまうと、パーティーメンバーではないサーギルにも知られてしまうが仕方あるまい。出し惜しみをして仲間に万が一のことがあってからでは遅い。そのくらい厄介な能力値をこの敵は有していた。

俺はまたしても五十三万にも至らんとする戦闘力を全開にして、殊更にサーギルを威圧しつつ全員に告げる。

「俺は気配察知の力の応用で敵の強さをある程度読み取ることができる。これからその能力を行使するが、パーティーメンバー以外には他言無用に願いたい。特にサーギル！　この話が今ここにいる者以外に漏れたら、たとえ漏らしたのがお前でなくとも、俺はお前が漏らしたものと見做《みな》してお前を殺すぞ！」

突然ブチ切れたかに見える理不尽な俺の言動に震え上がったサーギルは、まるで首振り人形のように無言で首を上下させた。

――前方の土ゴーレムは力もあるが意外と素早い！　サーギル、アンタくらいには動けるぞ！

――後ろの石ゴーレムはノロマだがベラボーに力が強い！　油断するな！

俺が見るところ、後方の石ゴーレムは逃走防止の壁役だろう。故に素早さは不要だ。高さ二メートル半はあろうかという巨体で上層階への階段前に屹立《きつりつ》し、行く手を阻んでいる。

逆に前方の土ゴーレムは身体こそ一回り小さいものの、中堅の斥候レベルの素早さに加え、Aランク冒険者の前衛以上の力を持っている。なんとかして後方の石ゴーレムを抑えている間に前方の土ゴーレムを仕留めるべきだろう。俺がそう考えたとき、キコが大声で指示を飛ばす。

「イギーは後ろの石を抑えて。補助はライホー！　無理はしないで時間稼ぎに専念！　残りの全員で前の土を倒すけれど、パープルは指示があるまで安全距離を保って待機！　あとサーギルさん、さすがにこの状況ならアンタも戦ってくれるんでしょ？　牽制《けんせい》程度でも構わないからヨロシクね！」

さすがはキコ。いい布陣だ。

即座に俺とイギーは後方の石ゴーレムに向かって駆け出す。

「イギー、俺の魔法であのノロマをさらに遅くする！　アンタは着実に時間を稼いでくれ」

言うが早いか、俺は石ゴーレムの片足に向けて強大な重力魔法を発動する。突如片足が重くなった上に左右のバランスも崩れたことで、石ゴーレムの動きは格段に悪くなる。

どうやら通常の生物系の魔物よりも自己調整能力はかなり劣るようだ。所詮《しょせん》は機械仕掛けの人形。想定外の事象への対応力は低いのだろう。

「ほう、大したものだ」

俺の魔法の効果を見たイギーは感嘆の声をあげ、さらに続ける。

「この魔法の効果が続く間はコイツは俺だけで止めてみせる！　ライホー、お前は皆のほうに向かってくれ。今の魔法は向こうでも役に立ちそうだ」

「加勢に来たぜ。あっちはイギーだけで充分だとよ」

キコはちらりとイギーを見遣《みや》るが、石ゴーレムの動きを見てイギーの判断を是《ぜ》としたようだ。

「あの石ゴーレムの動きはアンタの仕業ね？」

「少しだけ魔法を使わせてもらった」

「少しだけ？　あれで？」

「まぁな」

「――それで、こっちの土ゴーレムにも同じコトができるの？」

「こっちのは素早い。狙いをつけるのに少し時間がかかるかもしれんが、当たれば同じコトになると思うぜ？」

ふふん――と、キコは嬉《うれ》しそうに鼻を鳴らす。

「……なんだよ？」

「いえね、あの魔法といい、さっきの敵の強さを読む力といい、アンタがアタシ達にその秘密の力を明かしてくれたことが嬉しいのよ。パーティーメンバーとしての信頼の証《あかし》よね！」

「んなコトは、この窮地を脱してから言えよ！　まずはあの土ゴーレムの足止めを頼むわ。油断するなよ。素早いぜ、奴は！」

「はいはい、まさかこのアタシが、冒険者歴3年目のDランクに使われる立場になるとはねぇ」

そう言い捨てたキコは、すでに戦いの火蓋《ひぶた》を切っている土ゴーレムとアケフのもとへと駆け出していった。

防御に徹していたアケフを攻め切れていなかったところに、キコが加わったことで均衡は崩れる。

キコとアケフ、ハイロードが誇る前衛二人の猛攻を受けた土ゴーレムは、さして大きなダメージは負わなかったものの、それでも一旦《いったん》距離を取った。

そして不埒《ふらち》な侵入者である俺達全体を緩慢な動作で見渡すと、突如その緩慢さを捨て去り、キコとアケフの間を素早くすり抜けて猛然とサーギルへと迫った。

キコもアケフも抜けられる際に一太刀ずつ浴びせてはいるものの、土ゴーレムには一切怯むような様子が見受けられない。

やはり純粋な生物とは異なる。先ほどの石ゴーレムは機械仕掛けであるが故にその弱点に付け込むことができたが、こうした場面では機械仕掛けであるが故に始末に負えない。多少斬りつけたところで、可動部を破壊しなければ気にも留めないで襲いかかってくる。

「ゴメン、抜けられた。ライホー頼む！」

キコの指示に反応した俺は、一直線にサーギルへと迫る土ゴーレムの横から丸小盾越しに体当たりをかました。とてもシールドバッシュと呼べるほど華麗な業ではないが、無様ながらもサーギルへと向かう土ゴーレムの進路を逸《そ》らしつつ、キコとアケフが再び戦線に戻るまでの時間を稼ぐことには成功した。

「助かったぜ、ライホー」

「気にするなサーギル。共に戦っているんだ。少なくとも今は仲間同士だろ？」

サーギルが差し出す手を掴《つか》んで起き上がった俺が土ゴーレムを見遣ると、キコとアケフが完全に抑え込んでいるところだった。土ゴーレムの足が止まっている。

——今！

俺は威力よりもスピード重視で重力魔法を発動する。

俺の重力魔法は見事に決まり、土ゴーレムはバランスを崩してよろめく。キコはその一瞬の隙《すき》を見逃さなかった。彼女の大剣が土ゴーレムの頭を砕く。

すると土ゴーレムはボロボロと崩れて土へと還《かえ》り、出現したときの魔法陣に再び吸収されていった。


キコは休む間もなく石ゴーレムを抑えるイギーに大声で訊《き》く。

「そっちはどう？」

「そろそろ厳しい！」

イギーは唸《うな》るように叫びつつも、石ゴーレムと対峙《たいじ》した経験に基づき絶望的な分析結果を俺達に告げる。

「あと、剣じゃ分が悪い。コイツにはおそらく刃は立たんぞ！　打撃で攻めないとダメージは与えられん」

俺達の中で打撃系の武器を持つのは鎚矛《つちほこ》をメインウエポンとするモーリーだけだが、そもそも後衛の治癒師には危険すぎる上、打撃力自体も充分ではない。そしておそらく、イギーの盾術ですら満足なダメージを与えられないというのに、俺のシールドバッシュもどきの体当たりでは効果はないだろう。

手詰まり感が漂う中、爽やかな笑みを浮かべたアケフが口を開く。

「ライホーさん、僕の剣、奴に当たる寸前で重くしてもらえませんか？」

「……そりゃ構わんが、いくら重くした剣で叩《たた》いても大したダメージは与えられないんじゃないか？」

「僕も剣に魔力を流します。その斬れ味と硬度にライホーさんの重さが乗れば斬れます。普段僕と試合しているときと同じくらいまで重くしてください」

そういやアケフの剣は元々お師匠がこの国の王から下賜されたという業物だったな。魔力に親和性が高いミスリルを鋼《はがね》に混ぜて打った逸品で、魔力を通すと斬れ味と硬度が格段に上がると聞く。

それでも——本当に斬れるのか？

斬れなければカウンターを喰《く》らうだろう。普通の革鎧《よろい》を着込んだだけのアケフがゴーレムの攻撃をマトモに受ければ下手をすると命にかかわる。

「アケフ、行きまーす！」

俺が逡巡《しゅんじゅん》する間もなく、アケフは飛び出していく。

「ライホーさん、僕が振り下ろす瞬間に合わせてください！」

石ゴーレムの間近まで迫ったアケフは上段に剣を構え地面を蹴る。アケフが剣に魔力を流す。俺もギリギリまでアケフに近付き、ここぞ！　というタイミングで重力魔法を発動した。

充分な斬れ味と硬度、そこに重さを伴ったアケフの剣が石ゴーレムの頭部へと迫る。するとその剣は刃毀《はこぼ》れ一つすることなく、石ゴーレムを鮮やかに一刀両断にした。

いや、チートっしょ！　やっぱコイツ、チートっしょ？

両断された石ゴーレムは再び動き出すことなく、土ゴーレムと同じく出現したときの魔法陣へと還っていった。

俺がホッと一息つこうとしたとき、キコから鋭い声が飛ぶ。

「皆、気を抜かない！　サーギルさんとイヨはほかにも罠《わな》がないか調査を！　魔法組はゴーレムの魔法陣の構成を調べて！　ライホーは気配察知で周囲を探る！」

「おっ、おう！」

サーギルとイヨが慎重に部屋中を調べ、パープルとモーリーが魔法陣を解析する。

「ほかに罠はないようだぜ。ただ……アレだな、俺達が初めてのお客さんってわけじゃなかったみたいだな」

「魔法陣のほうは侵入者を感知して発動するタイプみたいだよ。おそらくだけど、ボクらがこの部屋から出ない限り、再び出現することはなさそうだね」

「このフロアにはもう魔物の気配はない。部屋もここだけみたいだぜ。あの地下二階への階段の入り口からは妙な気配を感じるがな」

俺達はそれぞれキコに報告をする。

「皆、怪我《けが》は？　イギーは少し傷んだようだけれど……」

「この程度なら問題ない。治すのは街に戻ってからでも構わないぞ」

「そう？　モーリーの魔力はいざというときのために温存したいからありがたいんだけれど、絶対に無理はしないでね」

「あぁ」

キコのリーダーシップ、パネェな……。

「さて、ライホー。パーティー加入早々アンタのお陰で助かったよ」

「いやいやいやいや、俺なんかよりお前達だろ？　仕留めたのも結局お前達だし……」

「アタシらは自分達の力はよく分かっているから、この程度なら想定内よ。でもアンタの魔法がここまで使えるとは思わなかったわ。それにあの強さを見抜く力……ってのもスゴイわね！」

「だな。ライホーがいなければ負けていた――とは言わんが、この程度の怪我で済んだとも思えん。俺はとても痛がりなんでな。助かるぞ」

傷を擦《さす》りつつイギーが語ると、そのセリフに皆が笑う。

うん？　痛がりってのは厳《いか》つい風貌と対比したジョークなのか？　それともマジだからこそ、その風貌との落差で笑っているのか？　どっちにしても分かりづれー身内ジョークだな……。

俺がこのパーティーについて知らなくてはならないことはまだまだ多いようだ。

「俺の魔法はゴーレムとの相性がよかっただけさ。あまり期待値を上げないでくれよ」

「いーえ、今後もアンタには期待させてもらうよ。それよりもサーギルさん。わ・か・っ・て・い・る・わ・よ・ね？」

にっこりと微笑《ほほえ》みながら、キコは百万以上は確実にあると思《おぼ》しき第二形態の戦闘力でサーギルを威圧した。

「おいおい勘弁してくれよ。俺だってハイロードを敵に回すようなマネはしたかねーよ。ライホーの魔法はギルマスに訊かれても適当にごまかしておくさ。ただ——敵の強さを読み取れる件は別にしてもだ。気配察知の範囲や精緻さのほうはきっちり報告させてもらうぜ？　この隠し部屋の件もあるんでな。俺だってガキの使いじゃないんだ。手ぶらで報告ってわけにはいかないからな」

俺達は笑ってサーギルの言葉を是とした。


「さて、そうしたら次はアレの検証だな。ありゃどう見ても冒険者の成れの果てだぜ」

サーギルは部屋の片隅にうずくまる三体の白骨と装備の残骸に目を遣《や》る。

完全にゴーレムに追い詰められた末に命果てた冒険者の遺骨。

白骨と共に彼らの装備らしき武器や防具も残されている。あらかたは朽ち果てて使い物にはならないが、硬貨が収められていると思《おぼ》しき小袋は回収しておいて損はないだろう。

「サーギルさん、どう見る？」

「多分、俺がガキのころに聞いた、全滅して行方不明になったっていうパーティーだろ。剣とか骨の状態から察するにな」

「すると彼ら……彼女らかもしれないけれど、この隠し部屋の存在に気付いて、ここまで辿《たど》り着いたってことよね？　でも一体どうやって？」

戸惑うキコにイヨが一つの回答を提示する。

「私でも四階層の隠し扉を見つけられたのよ。私レベルの感知能力があれば不思議じゃないわ」

「でもそれは隠し扉があるって前提で探ったからでしょ？　そのためにはライホーの気配察知の力が必要じゃない？」

「それはそうだけど……」

「ライホーの力がなきゃ、イヨほど優れた聴覚があっても難しいんじゃない？」

「……と思う」

「じゃあ、その力があったんだろ？」

キコの意見に俺は反駁《はんばく》する。

「いや、でも……」

「まぁ待て、キコ。可能性の問題さ。ゼロじゃない以上、可能性ってのはあるんだ」

「だけどアンタ並みの気配察知の力なんて常人には持ち得ないでしょ？　同じ気配察知持ちとしてアンタ達の見解はどうなの？」

キコの問いかけにサーギルとアケフが応じる。

「俺はキコに同感だぜ」

「ライホーさん並みは多分難しいと思いますけど、僕らよりも上の人は確実にいますよ。なにせ僕自身がいまだに伸びてますから」

「マジか！　アケフ？　おま……ホント、スゲェな」

サーギルとアケフの話が脱線しそうになってきたので、俺はそれを引き戻す。

「ある謎の答えを探すときには、一度すべての可能性を想定するんだ。そこから検証を始めて可能性がゼロになったモノを一つずつ消していく。そうして最後に残ったモノがあり得ないほど突飛《とっぴ》な説だったとしても、それこそが謎の答え――だと俺は思うぞ」

「随分と含蓄ある言葉ね……」

――そりゃまぁ、世紀の名探偵様の一番の名言を引用《パク》ってんだからな……。

「無論、ほかの可能性を見落としていれば答えに辿り着かないこともあるだろうし、時間も有限だ。できることは限られるさ。けれど俺並みの気配察知ができる人間がいないとも限らないだろ？　それならばとりあえずはその線で動けばいい。別に外したとしても問題ない謎なんだからさ」

「まぁ、そうなんだけどさ」

「そんなことよりこの先には進むのか？　随分と妙な気配が漂ってくるから、あの先にはきっと別の罠があると思うぜ」

「ライホー、アンタに倣って少し洒落《しゃれ》た言い回しをさせてもらえば、ドラゴンの巣に入らなければドラゴンの仔《こ》は手に入らない――ってことよ」

「まぁ、俺は端から異存はないさ。ほかの皆がよければ進もうぜ」

結局、反対する者は現れず、俺達は地下二階へと続く階段の入り口に歩を進めた。

無論、硬貨入りの小袋は回収済みである。

「ヤバそうな気配を感じるぜ？」

サーギルの言葉に、めずらしく険しい表情でアケフが頷《うなず》く。

地下二階へと降り立った俺達の前には、奇妙な魔素が部屋全体を包み込む謎の空間があった。

「ねぇ、あれって……」

革鎧がない俺の二の腕部分の衣服を、イヨは白くしなやかな指先で摘《つ》まみながら囁《ささや》く。

「あぁ、上の冒険者達のお仲間だろうな。近付いて確認しないことには断定できないが、多分二人……かな」

薄汚れた部屋には二人分はあろうかと思われる人骨が散乱していた。

「罠があるのは間違いないようだね。サーギルさん、イヨ、そしてライホー、何か分かることは？」

「ないな」

にべもなくサーギルが応じる。

「私もサーギルさんと同じよ。ただ、薄暗くて分かりにくいんだけれど、奥のほうに次の間へと通じるドアらしきものが見えるわね」

「妙な魔素が部屋全体を包み込んでいるのを感じるな。この中に入ると罠が発動するんだろうよ」

イヨと俺の言葉を受け、キコは魔法組に訊《たず》ねる。

「魔法的にはどうなの？　魔法陣らしきものは確認できないけれど……」

「魔法陣は別の場所に描いてあるコトもあるから。ボクの勘だけれどイヨが言った奥の部屋にあるんじゃないかな？」

「…………」

パープルも無言で頷いている。

相も変わらずのパープルであるが、彼も首肯するならば間違いはないのだろう。

五メートル四方、高さ二メートル半ほどのこの部屋には何かしらの罠がある。あとはこのドラゴンの巣に飛び込み幼竜を求めるか否《いな》か、その選択があるだけである。


「イかせてほしい！」

キコはそう宣《のたま》った。

カタカナだと別の意味に聞こえてしまうのはなんでだろう？　別にイヤらしい意味なんてないのにさ……。

イヤな予感しかないこの部屋にアタックすることについては、さすがにパーティー内で意見が分かれた。

――すでに依頼は達成している。罠があると分かっているところに飛び込まずとも、この先の調査はギルドなり、コペルニク伯爵なりに任せてもかまわないだろう。

――でもそれだとこの先にお宝があったらすべてパーだよ？　ボク達の懐には入らない。

――だけど危険すぎるわ。罠の正体も分からないのに……。

――魔法の深淵《しんえん》……実に興味深い！

――パープルさん、真面目に考えてください！

――俺は判断できるほどの経験を積んでいないからな。キコに一任するよ。リーダーばかりに重責を背負わせてスマンが……。

——所詮、俺はギルドの検分役だからな。お前らの判断に従うだけさ。

俺を含む各々の意見はおおむねこんな感じであり、これらの意見を踏まえてキコは先のように宣ったのだ。

キコがそうと決めたあと、全員揃《そろ》ってアタックするか、それともアタック組と待機組の二手に分かれるかについても侃々諤々《かんかんがくがく》の議論があった。

——入ったが最後、外部から手出しできなくなる可能性がある。全員でアタックすべきだ。

——待機組がいれば助けを呼びに行くこともできるし、外部から手助けできる可能性だってあるよ？

アタック消極派であったはずのイギーとイヨが全員でのアタックを主張し、逆に積極派であったはずのパープルとモーリーは二手に分かれてのアタックを——それも、イギーとイヨは待機組に入るよう主張した。最終的にはこれもキコが裁断し、サーギルも同意したため、全員揃ってアタックすることが決まった。

真に責任を果たそうとすると、リーダーってホント大変だ。俺にはとても務まらんな。

「それじゃ、イクよ！」

相も変わらず邪悪な思念に囚《とら》われる俺の耳朶《じだ》には、キコのセリフの一部がカタカナで聞こえてくる。もういい加減、戦闘モードに戻らなければ……。

俺達は全員で魔素のヴェールをくぐった。

奥の部屋から強大な魔素のうねりを感じる。その刹那《せつな》、部屋を覆う魔素が硬質化する。

斬っても叩いても、魔法を放っても破壊には至らず、多少のひび割れ程度はたちまちのうちに復元してしまう。絶えず新たな魔素が供給されているようだ。


ゴゴゴゴゴーッ！


次の瞬間、頭上から地鳴りのような大きな音が響いた。

見上げると階段入り口側の壁上方にいつの間にか大きな穴が開いており、数瞬後、濁流が勢いよく噴出した。

「全員退避！　水の直撃を受けない位置まで退避！」

即座にキコが叫ぶ。

俺達は部屋の隅に集結すると、大柄のイギーとアケフと俺が前に出て濁流からメンバーを守る。

水の勢いが激しい。このままではあと数分でこの魔素で造られた匣《はこ》は水で満たされるだろう。そのときあの壁の穴が開いたままであればまだ希望はあるが、おそらくそれはない。

その成れの果てがあの二体の白骨なんだろうから。

「キコ、どうするんだ？　おそらくあの壁の穴はこの部屋が満水になると同時に閉じるぞ！」

「アタシも同感だよ！　これはマジでヤバいねぇ。パープル、火魔法で水を蒸発させる……なんて

「ムリだよねぇ？」

「ムリだ。水量が多すぎる！　焼け石に水？　いや逆か？　水に焼け石？　いやいや……」

あのパープルが焦っている。口数も多い。これはマジでヤバい状況だな。

水位はすでに俺達の膝にまで達している。

俺はイギーとアケフと共に足元を掬《すく》われないよう最前列で必死に堪える。サーギル、モーリー、パープルの三人は俺達の背後にあって、キコとイヨをさらに後方に置き、彼女達を庇《かば》っていた。

キコが苦渋の決断をする。

「このままじゃジリ貧だね。とりあえず各々で考えて手を尽くしてみて！」

俺は注意深く水流を見詰めていた。

濁流には多くの枯れ葉、枯れ枝が混じっている。

なるほどね……城外の雨水を溜《た》めていたあの池がこの罠のタネかよ。道理で池の石材からも魔素を感じたわけだ。

とすると、この水は有限だ。無尽蔵に湧いて出るわけではない。だがこの匣を満たすには充分な水量はあった。水が尽きるのを待つわけにはいかない。

そんな濁流に乗って、俺のもとに先客の白骨死体が持っていたと思しきモノが流れてくる。

あぁ——コンパス《方位磁針》だ。しかも、東・西・南・北……漢字表記か。やっぱアンタもここに来ていたのかよ。

俺はすでに知っていた。

俺に先んずること三十年前、この世界へ転移した先客の話を。

その男の趣味は登山であった。

若きころより身体を鍛え、十代にして数々の山に挑んできたという。

しかし二十歳を迎えたときに初めて挑んだ冬山で滑落し、即死は免れたものの足の骨を折った上に水や食料入りの背嚢《はいのう》を失ったという。加えて、吹雪で救助も見込めず死を待つのみの状態に陥ったそうだ。

痛む足を堪《こら》えて必死に雪洞《せつどう》を掘り、そこに身を横たえると、寒さと飢えに苦しむ時間が始まった。

しばらくすると彼は幻覚を見るようになる。幼き日の思い出が走馬灯のように脳内を廻《めぐ》る。ある意味その世界は、彼にとっては現実の過酷さから逃避できる極楽でもあった。

そんな状態が数日間続いたとある日の夜。彼の生命の灯《ともしび》はついに尽きるときを迎えた。

――あぁ、温かい紅茶を飲みたいなぁ。

無類の紅茶党だった彼は凍える寒さの中、朦朧《もうろう》とした頭でそう願った。

「そういや、■シアンティーって結局飲む機会がなかったなぁ。■シアンティーを一杯。ジャムではなくママレードでもなく蜂蜜で……か」

かつて愛読していた物語のセリフが、独り寂しく死にゆく彼の最期の言葉になった。

だが、その呪文によって彼は転移を果たす。

そして怪我が癒え体力が回復すると、彼はポンコツ神の口車に乗って喜び勇んでここ惑星ナンバー四、パンゲア超大陸に乗り込んだんだそうだ。むしろポンコツ神のほうが慌てて基本言語と生活魔法を付与したくらいの勢いだったらしい。


わずかの間に惑星ナンバー十三の生命体も随分と世知辛くなったものですね――とは、三十年後に俺と対峙したポンコツ神の言葉だが、多分に年齢差に起因するものが大きいだろう。謂《い》われのない中傷は止《や》めてもらいたいものだ。

俺と同じく『■ードス島戦記』の愛読者でもあったという彼だが、所詮はハタチの大学生に過ぎない。中世ヨーロッパ風のファンタジー世界に憧れ、後先考えずに勢いだけで飛び込んでしまったのだろう。

一方の俺は、半世紀もの間、鬼ばかりの世間を渡り歩く中で多くの理不尽や不正義に遭遇してきた。一筋縄ではいかないのは当然である。飛んだ先で少しでも有利になるよう、相手が神であっても――あるいは神であるからこそ、しっかりとネゴシエイトするのは当たり前であった。


そんなこんなでこの世界に三十年前に転移した彼は、俺とは違い二十歳のオリジナルの肉体と、持ち前の体力と運動神経、そして俺と同じくぶっ飛んだレベルの魔素察知の力により、わずか数年で腕利きの冒険者になったようだ。

ポンコツ神から魔法どころか武器や防具、そして金銭すらも授けられず、文字どおり着の身着のままで転移したにもかかわらず、よくもまぁそこまで成り上がったものだ。俺には絶対に無理な話だ。

さすがに気が咎《とが》めたポンコツ神も羽虫の行く末を憐《あわ》れんでか、しばらくの間は彼のことを気にかけていたようだが、転移して四年目。彼が死を迎えたことを受け、完全にこの出来事を忘却のかなたに放り込んだそうだ。

その二十六年後、またも俺という転移者《羽虫》が迷い込んでくるなどとは夢にも思わずに……。

いずれにしてもこの地下二階の先客は、俺と同じ地球からの転移者であった。

ただし、俺とは異なり文字どおり着の身着のままであったため、当時の冬山用の着衣、そして腕時計やコンパスなど身につけていた物と一緒に転移したようだ。

その後、着衣は長い年月を経て劣化し、腕時計も電池が切れたことで廃棄され、唯一残ったのがコンパスだったのだろう。

俺は膝元に流れ着いたコンパスを拾い上げると懐に仕舞う。

――俺もアンタと同じくここで命尽きることになりそうだ。アンタも俺も下手に魔素察知ができるばっかりに仲間を巻き込んじまったな……。

——ポンコツ神の奴も笑っているだろうよ。さしずめここは転移者ホイホイだ。

自嘲《じちょう》気味にそんなことを考えていた俺に、突然キコが張り手を見舞う。

「ライホー！　アンタ、諦めてるんじゃないわよ！」

ジンジンと痺《しび》れる左頬《ほお》をさすりながら、俺はアホみたいに狼狽《うろた》えてキコに訊ねる。

「え？　いや、でもどうすれば……」

「うっさい！　そんなことアタシだって知るか！　でもアンタ以外、まだ誰も諦めちゃいないよ！　最後の最後まで足掻《あが》くんだよ！」

周囲を見回すと、アケフは不安定な足場にもかかわらず、全開にした魔力を剣に流し込んで硬質化した壁に叩きつけている。

イギーとモーリー、そしてサーギルでさえ足場となるものを探し、少しでも足元を嵩上《かさあ》げしようとしていた。

パープルはブツブツと独り言を垂れ流しながら、掌《てのひら》に魔力を集めてこの局面を打開すべく魔法を構築せんとしていた。

「ライホー！　諦めないで！」

キコとは反対に魅惑的な声色で俺の気力を奮い立たせてくれるイヨは、手持ちの矢が尽きたのか、空間魔法に収納してあった予備の矢を取り出しては弓に番《つが》え、アケフと同じく魔素の壁に放っていた。

逆に考える……とか、そんな言葉遊びはもういい。マジでこの局面を打開する策を真正面から考えるんだ！

俺にはアケフみたいな剣術もパープルみたいな魔法の才もない。そんな俺では彼らですら梃子《てこ》摺《ず》る硬質化した魔素の壁を壊すことはできないだろう。

俺が足場の嵩上げに加わったところで延命措置にしかならない。いずれ溺死する時間を先延ばしするだけだ。

キコはメンバー全員の精神的な支柱だ。彼女が鼓舞し続けているお陰で、このパーティーはまだ死を受け入れずに足掻き続けることができている。

俺にできることは何だ？

重力魔法？　すでに何発か魔素の壁に放ってはみたものの何の変化もない。

イヨみたく空間魔法に予備の武器なんて収納していない。局面打開のために役立つモノなんて何も取り出すことはできない……。

――

――いや！

――やっぱ逆なんだ！

――――取り出すんじゃない、入れるんだ！

やはり英国紳士の教えは偉大であった。

逆に考える……とか、そんな言葉遊びはもういい。マジでこの局面を打開する策を真正面から考えるんだ！　……とかなんとかイキっていたさっきまでの俺を殴りつけてやりたい。

が、俺はその感情をグッと堪え、キコとイヨを呼び寄せると興奮気味に叫ぶ。

イヨ！　空間魔法にこの濁流を流し込むんだ――と。

はじめ、イヨはポカンと呆《ほう》けて俺が言っている意味が分からなかったようだ。

というのも、空間魔法に物質を収納するときは必ず魔力で紐《ひも》付けしてあとから取り出せるようにすることが、この世界では絶対的な常識だったからだ。加えて、そもそもただの水を紐付けすることは非常に困難なうえ、仮に収納できたとしてもその収納量には限りがある。

そういう意味ではオカシイのは俺のほうなんだろう。

――あぁ！

先に気付いたのは、使えないが故にさほど空間魔法の常識に囚われていなかったキコのほう。

「イヨ、魔力の紐付けなしに水を流し込めばいいのよ！」

「えっ――あっ、え？　でもそんなことしたことないし、溢《あふ》れちゃわないの？」

「大丈夫だ、問題ない」

別にフラグじゃないぞ。

「紐付けなしで入れたモノは消えてなくなるんだ。前に試したことがある」

「じゃあ……」

「そうだ。この濁流すべてを消し去るんだ！」

そこまで聞いて、キコが叫ぶ。

「皆、一度集まって。これからライホーとイヨが空間魔法を発動する。皆は二人を囲ってフォローして！」

詳細な事情など明かされずとも、彼らは粛々とキコの指示に従う。

非常時に、理由がどうだとか、説明がどうだとか喚《わめ》くほど愚かなことはない。自分達が選んだリーダーにすべてを託してその指示に従うこと――それこそがより生存率を高める唯一の方法だと、皆は知っているのだ。

俺はイヨに訊く。

「イヨ！　お前の穴はどのくらいの大きさだ？」

「？」

別にイヤらしい意味じゃないぞ！　……って、こんなときでもくだらないことを考えてしまうのは俺の悪い癖。

「異空間の穴だよ！」

「あぁ、それなら握り拳《こぶし》くらいかな？」

「じゃあそいつを水中に開けろ！」

若干躊躇《ちゅうちょ》しつつもイヨが空間魔法を発動すると、異空間へと水が勢いよく流れ込む。

成功だ。あっという間に大量の水が流れ込み、イヨの収納限界量を超えたにもかかわらず、水は引きも切らず異空間へと消えていく。

その様子を見てキコが即座に指示をする。

「アタシがイヨを支えるから、イギーはイヨの盾になって水流を防いで!」

「おう!」

二人が連携してイヨをフォローする。俺はキコに告げる。

「あと、穴の入り口が詰まらないよう、誰かが手助けするんだ!」

たしか前世でも流木などが橋に引っかかったことが原因で河川の流れが詰まり、溢水《いっすい》した事例があったはずだ。

「サーギルさん、頼む!」

キコがサーギルに指示を出す。

イヨの穴に太い棒が引っかかってスムーズに入らなくなっては困る……って、イカン、またイヤらしいことを考えてしまった。

いい加減にしないと本当に死んでしまう。真面目にせねば。なんせイヨの穴はこの部屋に流入してくる水量と比較しても狭すぎる。キッツキツだ。

フー、フー………煩悩を、本当に、完全に、ようやく振り払った俺は、アケフとモーリーに頼む。

「モーリーは俺を支えてくれ。そしてアケフは盾になってくれ。次は俺が穴を開く」

「穴のゴミ取りは私でいいのか？」

パープルが訊いてくるが、俺はニヤリと笑みを返す。

「俺の穴はガバガバだ。この程度のゴミでは詰まらんよ」

よく分からないドヤリを入れた俺は、困惑した表情のパープルを捨て置き、空間魔法を発動するため集中力を高めて魔力を練った。


転移して二年半。

最初、俺の空間魔法もイヨと同じく拳大の穴を開けるだけで精一杯であった。

しかし俺はその穴を広げるため、魔法制御の練度を高める修練を毎日欠かさずに続けてきた。これは重力魔法の命中精度の向上にも繋がるため、俺の切り札とすべく地道に行ってきたのだが、その結果、俺が開けることのできる穴の大きさは、好調時には直径約五十㎝にまで広がっていた。

今では拳程度の大きさであれば瞬時に発動できるまでに練度は高まっているが、さすがに直径五十㎝ともなると多少の時間が必要であった。

しばし魔力を練った俺は、慎重に異空間へと繋がる穴を開けた。

そこには俺の好調時と同じ直径五十㎝程度の穴が開いていていた。昨日、キコがしっかりと安全マージンをとり、ゆっくりと休めたお陰で俺の体調は万全であった。

この部屋に濁流を齎《もたら》す穴は、俺が開けた穴より一回り大きかったが、この水があの池からのものならばいずれ尽きるときがくる。そのときまでこの異空間の穴を維持すればよい。

空間魔法はその発動と維持には高度な魔法制御が求められるものの、幸いなことに重力魔法と比べると魔力の消費量は格段に少ない。

「推測に過ぎんが、この濁流は雨水を溜めていたあの池からのものだろう。こうして消し続けていけばいずれ水は尽きるはずだ！」

俺とイヨは空間魔法を維持して濁流を排出し続ける。

それでも流入する水量のほうが多いため、じわりじわりと水位は上がり、すでに俺の腰あたりにまで迫ってきた。が、その上昇速度は目に見えて遅くなっている。

「いけそうだな！　ライホー」

――あぁ、サーギル……お前は……なぜ……そんなに…………フラグを……立てるのが……好きなんだ？

「まだこの水があの池からだと確定したわけじゃない。そこは俺の推測なんだ。無限に水が流入してくればいずれ俺達は溺れ死ぬぞ！」

ちょっと弱いが、フラグはこまめに折っておかねばなるまい。

水の流入が止まった。

別に天井ギリギリとかそんな差し迫った映画みたいな展開にはならず、水位は俺の胸あたりに差しかかったところだった。

「まさかあのおサイフ魔法に救われるとはねぇ」

「魔法は使う者の智慧《ちえ》次第……」

キコの振りに珍しくパープルが応じる。

彼はこの空間魔法の使い方がよほど気に入ったとみえる。さすが火と風の融合で魔法の火力増強を図るなど、様々な創意工夫を重ねているだけあって、彼は新たな魔法の開発や使用方法の発見には余念がないらしい。

「にしても、ライホーのそれ、スゴクない？　ボクはそんな大きい穴、初めて見たよ」

「まぁな。俺は毎日魔法制御の修練は欠かさないからな。剣と違って魔法制御の適性は高いようだぜ？」

「その地道な努力がお前を魔法の深淵へと誘《いざな》う……」

今日のパープルはやたらと口数が多いな。自分の好きなことになると急に口数が増えるオタク気質か？　イケメンなのに残念な奴だ。

俺とイヨは異空間を展開し続ける。

すると水位は徐々に下がりだし、ついには俺の膝あたりまでになった。

「んで、このあとはどうなるんだ？　水位は下がっても閉じ込められたままじゃ、結末はあの先客と同じだぜ？」

サーギルの問いに即答できる者は誰もいなかった……。

俺とイヨによる初の共同作業は終わった。

俺達は異空間への穴を閉じる。この匣に大量の濁流を供給し続けていたあの穴もいつの間にか閉じていた。

この匣は再び密室と化したのだ。

「魔法組の考えは？」

キコの問いにモーリーが応じる。

「二つ考えられるね。一つは魔素の供給が尽きるまで解除されない——ただこれは魔素の自動供給機能がなければ考えにくい。すでに先客がここで同じ目に遭っているからね」

「自動供給なんてできるのかい？」

「滅多にお目にかかれる魔道具じゃないけれど、ないことはないよ。ボクは見たことないけどさ。ただ、その魔道具を使っても自然界から自動供給できる量はごくわずかだから、そんな代物をわざわざ造ってまで……ってのはどうかな？」

「じゃ、もう一つは？」

「一定の条件を満たしたら解除される——ってところだね。一番考えられるのは一定時間が経過したら……かな？」

そこで俺も話に加わる。

「これだけ硬質化した魔素を維持するんだ。生半可な魔素じゃないだろう。だとすると長時間は考えにくいな。多分濁流を排出していた穴が閉じてから確実に溺死するくらいの時間を設定してあるんじゃないか？」

「ボクもそう思うよ。ライホー」

「それならそろそろなんじゃない？」

すると、まるでそのイヨの声が聞こえていたかのように、硬質化された魔素の壁は突如として解除された。

周囲には排水溝と思しき水路と穴があった。水責めに使った水は、本来ここから排水される設計になっているようだ。

再びここは妙な魔素が部屋全体を取り囲む、以前の状態に戻っていた。

さすがにホッと一息ついた俺達は、部屋の先の扉を見遣る。

「あそこが最後みたいだな。あの部屋以外に俺の気配察知に引っかかるものはないぜ」

「鍵とかかかっているのかなぁ？　あの扉」

「イヨ、頼んだよ。ライホーはサポートして。妙な気配があったら即離脱ね」

イヨはこのパーティーの中衛、斥候職として罠の解除を担っている。その流れでこうした扉の解錠も彼女の役目なのだ。

どちらかといえば、森の中での罠の設置や発見、解除のほうを彼女は得手としており、こういった扉の解錠は不得手である。おそらくサーギルに任せたほうが早いのだろうが、ギルドの介入をなるべく排除するためにも、イヨは苦手な解錠に挑む。

しばし苦戦しつつも三十分ほどで鍵を開けたイヨは、苦手な作業をそれなりに首尾よくやり遂げることができたためか、珍しくフンスッ！　と胸を張ってみせた。

……が、残酷なようだがその胸に膨らみはほとんど見受けられなかった。

「いよいよだね。でも最後の最後に、もう一つ罠が仕掛けられていることだって考えられる。細心の注意を払っていこう！」

俺達はキコのかけ声とともについに最奥の間へと踏み込む。

扉の先には一片の骨もなかった。

「遺骨がないとは意外だねぇ」

最初にそう呟《つぶや》いたのはキコであった。

俺もここには立て籠《こ》もった領主一族の遺骸《いがい》があるものと思い込んでいた。それが何一つ見当たらない。

「ここに立て籠もるのを善しとしなかったか、あるいはその暇《いとま》すらなく攻め滅ぼされたか……ってところかな？」

キコのセリフに皆が同意する。

だとするとここは真《ま》っ新《さら》な処女地である。しかも旧領主の終《つい》の隠れ家。一体どれほどのお宝があるか想像もつかない。

まず目を引くのは壁にかけられた武器や防具の類《たぐい》である。

素人目にも価値がありそうな武具が並ぶ。一部には錆《さび》が浮き、あるいは朽ちかけているモノもあったが、それ以外のモノに劣化はほぼ見受けられない。

よく見るとそれぞれの武具は微量の魔素に包まれており、武具がかけられている壁には極小の魔法陣が配されている。そして魔法陣の外周には魔核が嵌《は》められており、そこから魔素の供給を受けているようだ。

――なるほど、この魔法陣は武具の劣化を防ぐためのものか……朽ちかけた武具は魔核が尽きて魔素の供給が切れたって感じだな。

ほかにもいろいろと高価そうな収納箱が目につくが、俺達はまずは武器と防具から吟味する。

「この革鎧、ライホーさんのと同じくワイバーン製じゃないですか？」

アケフが俺に語りかける。

すると、イギーもアケフに訊く。

「こっちのはミスリル混の鋼の大盾か？　アケフの剣と同素材のようだが……」

「この鎚矛には魔核が嵌められているね。魔法の増強効果がありそうだ。ボクが欲しいな」

皆がそれぞれにお宝の物色を始めるが、キコがそれを制す。

「分配はすべてのお宝を洗い出してからだよ。まずはここにすべて並べて」

俺達は皆で手分けして武具類と収納箱のお宝を部屋の床に並べるが、アケフとイギー、モーリーの三人は、それぞれお気に入りの武具をさりげなく自身の前に置いていた。額に手を当てて呆《あき》れた表情を浮かべたキコであったが、改めて毅然《きぜん》とした表情で皆に宣言する。

「まず皆に言っておくよ。このお宝の取り扱いはライホーの意見を尊重する。すべての占有権があるとは言わないが、まぁ半分はライホーの手柄だよ」

あれほど物欲しそうな表情を浮かべていた三人も黙って頷く。そしてキコは俺に訊ねる。

「だからライホー、まずはアンタの考えを訊きたい。アンタはこのお宝、どうしたい？」

皆の視線が一斉に俺に集まる。俺は一人一人を見渡すとおもむろに口を開いた。

「武器と防具はパーティーの強化にあてるべきだ。武具の適性に応じて各々のメンバーに分配すればいい。で、残ったお宝を武具の分配がなかったメンバーに多めに渡して調整――ってところか？無論、俺の分も皆と均等でいい」

「ありがとう、ライホー。やっぱアンタをパーティーに誘ってよかったよ」

キコは心底嬉しい……といった表情でそう呟いた。

「パーティーの強化は結局自分のためになるからな。俺だって独りじゃこの部屋には辿り着けない。皆がいたからこそだろ？　武具の分配はキコが戦力の最適化の観点で判断してくれ」

俺がそう言うと、キコは武具とメンバーを見渡しながら考え始めた。が、俺はそこで少し付け加える。

「あと――乱取り自由とは言うものの、これほどのお宝ともなればギルド経由で少しは伯爵家にも回したほうがいいだろうな」

この言葉にサーギルは目を見開く。

「ライホー、お前さん、若いくせして世故に長《た》けているな。そうしてくれるとギルドとしても助かるぜ」

「あぁ、建前は乱取り自由でも伯爵家からすれば面白くないだろうさ。そこに大量にある魔核を無償で納めればいいだろ？　ギルド経由にすればギルドの顔も立つだろうし、いざとなればギルドの後ろ盾も期待できるからな」

「満点だよ。ライホー」

そう言うとサーギルは俺にウインクした。

イラネー、おっさんからのウインク、イラネー！


俺達がせっせと集めてギルドに納めていた魔核は、こんな感じで使われていたんだな……。

今回の依頼で俺達は旧領主家の詰めの城に踏み込み、さらにその中でも秘匿されていた領域を暴いた。そこで俺達が見たのは、ギルドが冒険者から買い上げていた魔核の行きつく先——つまりは魔核を使った魔法陣の数々であった。

そこには硬質化した壁を構築するための魔法陣や武具の劣化を防ぐための魔法陣など、今も貴族クラスの連中が密《ひそ》かに伝承しているであろういくつかの魔法陣があり、それぞれの魔法陣には魔素を供給するための魔核がふんだんに配されていた。

また、それらの魔法陣の片隅には魔核を大量に収めた匣があり、そこからは魔力の流れを感じる一筋の線が走っていた。おそらく、地下一階のゴーレムを顕現したり、ほかにも何かしらの魔道具を稼働したりするため、城内の各所に魔力を供給していたのだろう。

どうやら魔核は、魔法陣などを介在して魔法を行使するために使うらしい。動力という意味では前世における電気や石油のような存在で、貴族など一部の者が身を守るため、あるいは生活の質を高めるために使っているのだろう。

彼らが魔核を買い取ってこのように使用していることは、ギルド職員のサーギルはもちろん、パープルやモーリーなど魔法組は知っていたが、魔法陣の構成はこのような機会でもなければ一般の目に触れる代物ではないようで、パープルは必死になって希少な魔法陣の構成を書き写していた。

パープルの書写が終わると俺達は空間魔法に魔核を収納する。

すでに魔素が枯渇し抜け殻と化しているモノも多かったが、それらを差し引いても旧領主家が溜め込んでいた魔核はそれなりの量になり、サーギル曰《いわ》く、伯爵家に献上すれば相当な貢献に値するらしい。

魔核を収納した俺達は、改めて武具と宝飾品を品定めする。

そのとき俺はふと思う。

――ステータス画面ってどこまで解析することができるんだろう？　と。

俺がそう考えたのは、ゴーレムをステータス画面で見ることができたからだ。

土や石を魔力で擬人化しただけの物体の能力値を測定できるのだ。もしかすると無生物のステータスも表示することが能《あた》うのかもしれない。

俺は旧領主家が秘蔵していた鎧のステータスを表示してみる。

種別	鎧	
材質	竜属ワイバーン種の革10	
特殊	火耐性高	
	【基礎値】	【現在値】
品質	10	10
攻撃	0	0
防御	12	12

おぅ、見えるじゃん！　ってか、それなら教えといてくれよ……。

なんかポンコツ神が、魔物のステータスも見られます——的なことをドヤって言っていた記憶が微《かす》かに残っているが、無生物でも見られるんじゃやねーか！

俺は隣にあった盾のステータスも表示してみる。

ふつーに表示される。ヤベーな、この能力。ゲームとかじゃユーザーにとっては当然の機能に過ぎないが、現実世界で実装されると一般人との差がエグイことになる。

あのポンコツ、身体能力値の加算はエライ渋っていたくせして、この能力はイイんかい？　って感じだな。まぁ奴にしてみれば至極当然の力でしかないんだろうが、もう少し神と羽虫との差を自覚したほうがいいな。

種別　大盾
材質　鋼8、ミスリル2
特殊　魔力浸透で攻撃・防御＋6

【基礎値】　【現在値】

	【基礎値】	【現在値】
品質	10	10
攻撃	7	7
防御	13	13

なるほど、材質の数値は割合のようだな。この大盾は鋼が8割、ミスリルが2割使われているってことか。

んで、魔力を流すと攻撃と防御が＋6ね。魔力を流せるミスリル混の武具が重宝されるわけだ。

俺は次の鎚矛に目を移す。モーリーがスゲェ欲しがってたやつだな。

種別　鎚矛
材質　鋼7、ミスリル2、魔核1
特殊　魔核使用で魔法増強＋3、魔力浸透で攻撃＋6

	【基礎値】	【現在値】
品質	10	10
攻撃	9	9
防御	0	0

ほう、魔核は魔法を増強できるんだ？　魔素が尽きたら別の魔核に交換もできるようだし、なかなかの優れものだな。

そういやパープルも魔核付きの杖《つえ》を持っていたな。あれってこの鎚矛の杖バージョンか？　あとで覗《のぞ》いておこう。

それと、攻撃値は純粋な意味での物理攻撃の値のようだ。魔法攻撃みたいな項目はなく、そういうのは魔核で増強されてるってことなのかな？

その意味では防御の値もそうなんだろう。魔法による攻撃ったって、結局は物理的な破壊に過ぎないんだから当然と言えば当然だ。

投石による攻撃は物理防御値で判定され、土魔法の土塊《つちくれ》を放たれたときは魔法防御値で判定されるなんて変だもんな。最終的には全部、物理的な衝撃に対する防御ってことに収斂《しゅうれん》されるのだろう。

まぁワイバーンの革鎧みたく、火耐性とかの特殊能力が付与されていれば火魔法には強いとかはあるんだろうけどさ。

さて……次のこの指輪がスゲェ気になってたんだよねぇ。

種別　指輪
材質　ミスリル6、魔核4
特殊　魔核使用で魔力回復、知力＋1

	【基礎値】	【現在値】
品質	10	10
攻撃	0	0
防御	0	0

これはぜひとも欲しいが、パープルと競合しそうだな。性能を知れば多分欲しがるんだろうが、この能力まで明かすのは少なくともサーギルがいるところではやりたくない。迷うところだ。

あとは――この品質ってヤツの検証だな。

俺は使い込まれた自分の片手剣のステータスを見る。

品質は……基礎値が10で現在値が7か。そして攻撃も基礎値が11に対して現在値は7。念のため丸小盾も見たが、同じような感じだった。

品質は10が最高値で、そこから劣化や破損などで数値が落ちていくようだ。そして落ちた分に比例して攻撃と防御の値も低下するんだろう。

俺の剣も刃毀れが酷《ひど》くなれば高い金払って研師に研いでもらっているけれど、どうしても研ぎ減りしたり金属自体が経年劣化したりするから、数値の低下は免れない。

アケフがお師匠から贈られた剣はどうなんだろう？

種別	両手剣	
材質	鋼7、ミスリル3	
特殊	魔力浸透で攻撃＋9	
	【基礎値】	【現在値】
品質	10	10
攻撃	18	18
防御	0	0

斬れるはずだよ。この攻撃値だもん。しかも品質が落ちていない。さっき石ゴーレムを斬ったばっかだよなぁ？

そういやお師匠が言ってたっけ。魔力を流して硬質化しているときはほぼ刃毀れすることはないし、硬質化していないときに負った細かな刃毀れも復元師に依頼すれば復元できるって……。

お師匠は詳しい仕組みまでは言わなかったけれど、モーリーが言うには、ミスリルには形状を記憶して元の状態に戻ろうとする性質があるらしい。なのでミスリル混の武器は刃毀れしても研師が研ぐのではなく、補充する素材を用意して特殊な魔法陣に魔力を流して復元させるんだとか。そしてそれを行うのが研師よりも高給取りの復元師って職らしい。

同じくモーリー曰く、ミスリルはそれ自体さして硬度が高いわけではなく、武具に使用する場合はほかの鉱物に混ぜるのが一般的だそうだ。

そしてミスリルの割合が高ければ高いほど魔力を流した際の効果は上がるとのことで、たしかに混合率二割の大盾よりも三割のアケフの剣のほうが攻撃や防御の上昇値は高い。しかし配合割合が高い武具を打つには相応の技量が求められるため、三割ものミスリルが混じった武具はなかなか存在しないそうだ。

なお、のちに知ったのだが、鋼の場合は三割以上ミスリルを混ぜてしまうと逆に全体としての品質は落ちるそうで、アケフの剣は限界ギリギリを極めた逸品なのだ。

最後にもう一つ、いや二つ気付いたことがある。

一つは同じ素材であっても数値が異なる場合があること。

今回入手したワイバーンの革鎧の防御値は12だが、俺のは13である。おそらく同じワイバーン革であっても個体差や使用した革の部位、あるいは鎧に加工する際の職人の技量などで差がつくのだろう。

もう一つは俺のワイバーンの革鎧、籠手《こて》、半長靴《はんちょうか》は、すべて同じ防御値だったことだ。

同じワイバーンの革を使用している以上、防御値が同じになるのは一見すると自然なことのようだが、いわゆるＲＰＧの世界ではそんなことはなく、同じ素材であっても防具の種類によって値が異なっていることが一般的だ。例えば鎧が一番高く、それ以外の防具は低めに設定されていることが多い。そしてすべての防具の防御値の合計をそのキャラクターの防御の数値として見做《みな》すことが多かった。

しかし現実にはいかに上等な鎧を身に纏《まと》っていても、装甲がない部分を攻撃されれば致命的なダメージを受けるし、逆に最も装甲が厚い部分であればダメージは大幅に軽減される。現実世界ではどの部位に攻撃を受けても同じ防御値でダメージ判定が行われる――なんてことはあり得ないのだ。


結局、俺は武具の鑑定能力のことは誰にも明かさなかった。

それは、サーギルに知られたくなかったこともあるのだが、なによりもミスリルの指輪で競合すると思われたパープルが一切の報酬の受け取りを不要と宣言したことが大きかった。

パープルが言うには、書き写したあの魔法陣の価値と比べたら、彼にとってはほかのモノなど塵《ちり》芥《あくた》に過ぎないのだそうだ。

まぁ、気持ちは分からんでもないし、そのストイックな姿勢も立派ではあるが、お前が言う塵芥を欲している人達の前ではあんまそーゆーことは言わんほうがいいな。

パープルよ、そーゆーとこだぞ！

そんなこんなで、旧領主家秘蔵の武具や宝飾品については、アケフにはワイバーンの革鎧を、イギーにはミスリル混の鋼の大盾を、そしてモーリーには同じくミスリル混の鋼の鎚矛を分配することが決まり、俺は誰も希望者がいなかったミスリルの指輪を譲り受けた。

ほかにも何点か武具はあったが、メンバーが使用していない種類であったり、すでにそれよりも上質な武具を所持しているなどの理由で、分配するほど目星《めぼし》いモノはなく、俺達は特に高価そうなものだけを何点か持ち帰り売り払うことにした。

なにせ空間魔法に収納したとはいえ魔核もそれなりの量があり、旧領主の軍資金と思しき金塊や硬貨もかなり貯《た》め込まれていたため、贅沢《ぜいたく》な悩みではあるが余分なものを持ち帰る余裕がなかったのだ。

「ところで、この城の主人はこの部屋に入るときはどうしていたんだ？　毎度ゴーレムと水責めの罠を食らっていたわけではないんだろう？」

「おそらく、ここの罠を無効化する魔道具でもあったんだと思うよ。すでに持ち去られてその真価も分からないまま売り払われているんだろうけど……」

俺の疑問にモーリーが答えると、サーギルが加えて訊く。

「俺達の帰り道は大丈夫なんだろーな？」

「魔核は抜いたから……もう罠は発動しないいんじゃないかな？」

——をぃ、そこは疑問形なのかよ！

結局、帰り道に罠が発動することはなく、俺達は無事に四階層の領主の間へと戻ることができた。

「俺は近いうちにまたここに来なきゃなんねーな」

サーギルは独りごちたが、この隠し階段から続く地下空間については改めてギルドなりコペルニク伯爵なりが調査すると思われ、その際は彼が水先案内人を務めることになるのだろう。

その後、俺達は再び一階層の拠点へと戻った。そのころすでに陽《ひ》は暮れかけていた。

「さて、今日は思わぬ大冒険になっちゃったけど、皆無事でよかった。今晩はここでもう一泊して明日コペルニクに凱旋《がいせん》しよう。多分、街は大騒ぎになるんじゃないかな？」

「だろうな。帰ったら早速ギルドの事情聴取、あと――さすがに今回は伯爵家への報告にも付き合ってもらうぜ」

「それも依頼料のうち。覚悟はしてるよ。そのくらいならここで得たお宝を考えれば安いものだからね」

キコとサーギルが笑顔で言葉を交わす。

「あとライホー、アンタはお手柄だったね。アンタの気配察知と補助魔法、それにあの発想力はアタシらの強力な武器になる。今後も気張って頼むわよ！」

「あぁ、キコ。お前の張り手は効いたぜ。俺がまた鉄火場で腑抜《ふぬ》けているようなら遠慮なく張ってくれ」

俺がキコとハイタッチを交わすと、それを契機にパーティーメンバー全員がそれぞれの得物で俺の胸を小突く。どうやらこれが、新メンバーがパーティーに加入後、初の冒険をこなしたあとで行

われるお決まりの儀式なんだろう。
そんな俺達をサーギルは眩《まぶ》しそうな目でどこか懐かしげに見詰めていた。

第九章　凱旋

ギルドからの公式発表に、ギルド内は歓喜の声に沸いていた。

それもそうだろう。

俺達ハイロードは「若く将来有望なパーティーの登竜門」と言われる依頼を無事にこなして帰っただけでなく、永らく秘匿されていた古城の隠し階段まで発見し、行く手を阻む狡猾《こうかつ》な罠《わな》を乗り越えて見事多くのお宝を持ち帰ったのだ。

冒険者ドリーム……なんてアメリカンドリームみたいな言葉があるのかどうかは知らないが、俺達はまさに冒険者ドリームの体現者であった。


遡《さかのぼ》ること数時間。

昼前、ギルドに到着した俺達は、受付嬢のトゥーラに依頼の達成を報告する。俺達はそのままトゥーラの案内で別室へと通され、サーギルはギルマスを呼びに向かう。

案内された部屋でトゥーラが淹《い》れてくれた茶を啜《すす》りながら待っていると、息急《いきせ》き切ったギルマスがサーギルを伴って姿を現した。すでに何事かあったことはサーギルから聞いているようで、彼は部屋に入った途端、挨拶もそこそこに切り出した。

「おう、昨日あたりには戻ると思っていたが、何かあったみたいだな？　まだサーギルからは詳しく聞いていないんだが……」

「アタシらが言っても俄《にわ》かには信じてもらえないだろうから、身内のサーギルさんから話してもらったほうがいいわ。そのほうが手っ取り早いでしょ？」

そうサーギルに話を振ったキコであったが、「余・計・な・コ・ト・は・言・う・な・よ」という威圧は忘れていない。これは第三形態並みの戦闘力はありそうだ。


「ふぅ……たしかに俄かには信じられないことだったな」

サーギルから話を聞いたギルマスは呟《つぶや》く。

「けれどアタシらが持ち帰ったブツは、それが真実であることを証明しているでしょう？」

「まぁな。この量の魔核と金塊は生中《なまなか》じゃ手に入らない。ほかの理由を考えるより、今の話を信じるほうがいい。――が、それよりもこの魔核、ホントにギルド経由でコペルニク伯爵に献上してもイイのか？　随分と思い切ったな」

「無論、伯爵からの面倒事が生じないようにするためのモンなんだから、何かあればギルドが全力でアタシらを守ってくれる……ってのが大前提だけどね」

「わーってるよ。こんだけの魔核を無償で提供してくれるんだ。ギルドは総力を挙げて協力するぜ」

「じゃ、アタシらはこれでね。伯爵のほうは頼んだわよ」

身を翻して立ち去ろうとするキコにギルマスは確認の言を投げかける。

「あぁ、分かってるさ。だが――一度くらいは伯爵との謁見《えっけん》には応じてくれるんだろう？　そこは頼むぜ？」

「ええ、分かっているわ。でも一度だけよ。あとはギルマスの力量でなんとかしてちょうだい」

それと、忘れていたけれど――とキコは切り出す。

「今晩、アタシらハイロードでギルドの食事処《どころ》を貸し切りたいんだけれどいいかしら？」

「そりゃ払うモン払ってくれれば構わねーが、何するんだ？」

「はぁーニブチンねぇ。冒険者皆でパーティーをするに決まっているでしょ？　もちろんアタシらのオゴリでね。それで皆の歓心が買えて、少しでも妬心《としん》を抑えられるなら安いものよ」

「たしかにこの金塊に比べたら微々たるもの……か。ならギルドのほうも酒と食いモンをじゃんじゃん出して儲《もう》けさせてもらうぜ。おいトゥーラ、急いで手配を頼む」

ギルマスの指示を受けたトゥーラが出ていくと、キコは付け加える。

「じゃんじゃん儲けたいならギルドからこの街の冒険者に声をかけてもらえるかしら？　なんなら手が空いているギルド職員もパーティーに参加してもらって構わないわよ」

「はぁ、如才ないな。キコ、お前ホントに二十六かよ？」

「全部ライホーからの献言《けんげん》よ。ライホー、アンタホントに二十二歳なのかしら？」

ホントは五十二です――とは明かせない俺は、黙って微笑《ほほえ》むしかなかった……。

――それはまことか！

コペルニク伯爵は赤銅色の直毛を揺らして振り返った。

「正式なものではないものの、先ほど冒険者ギルドから一報が入りました」

執事長からの報告を受けても伯爵は信じられない思いでいっぱいであった。

あの古城はコペルニク家歴代の当主が調べ尽くしたはずだった。

たしかに魔法陣や魔核の類《たぐい》が秘匿されたはずの場所が見当たらず、その点はコペルニク伯爵をはじめ、歴代当主の心に疑念として蟠《わだかま》っていたが……。

「して、成果は？」

「隠し部屋には貴重な武具、そして多くの魔核と金塊が眠っていたと」

「それらはいかに？」

「当家からの依頼では乱取りを認めており、契約上はすべてが依頼を受けた冒険者の所有になるかと。ただ……」

「ただ、なんだ？」

普段の冷静沈着な姿とは異なり話の先を急《せ》く伯爵に、執事長からは予想外の返答があった。

「魔核はすべてギルド経由で当家に献上すると……」

「ふむ――どうやら一筋縄ではいかぬ相手のようだな」

冒険者らしからぬ予想外の申し出を受け、伯爵は逆に冷静さを取り戻した。驚天の冒険譚《たん》から自分の得意とする領域――つまりは政治的な話に移ったということだろう。

「それはつまり……」

「魔核の献上を以《も》って、これ以上の当家の介入は無用……との意かと」

「ギルド経由での献上ということは、ギルドもそれを是《ぜ》としたということだな？」

「仰せのとおりかと」

「冒険者の囲い込みのためギルドが描いた絵か、それとも……」

伯爵は思考を廻《めぐ》らす。

「依頼を受けた連中は何者だ？　あれは我が伯爵家からの依頼であるのをいいことに、ギルドのほうで勝手に箔付《はくづ》けしておったただろう？　たしか有望な冒険者の成功への登竜門とか……」

乱取りのブツがあらかた底を突いたにもかかわらず、伯爵家からの依頼料が上がらないことに業を煮やしたギルドが、なんとか智慧《ちえ》を絞って依頼自体をブランド化した苦労を顧みない酷《ひど》い言いようであったが、ギルドが伯爵家の名声を無断で借用していることも事実であった。

こんなことになるのなら依頼料を上げてでも乱取りの特権を廃止しておけばよかった……そんな思いから生じるであろう伯爵からの横車を押し返すための魔核の献上なのだ。ここまで先手を打たれては、もはや如何《いかん》ともしがたい。

「依頼を受けたパーティーはハイロードでございます。加えて、そのハイロードには例のゴブリンスレイヤー殿が正式に加入したとか……」

何から何までうまく事が運ばない。思わず伯爵は歯噛《はが》みする。

基本的にコペルニク伯爵は有能である。また、勇敢かつ寛容な人柄も相俟《あいま》って、多くの領民から慕われる名領主。そんな彼にとってここまで物事の歯車が噛み合わないことはそうはない。

彼は思う。ギルマスではないな——と。

あの男は統率力に優れ、指揮も的確で、荒くれ者をまとめ上げるには適しているが、基本的には庶民気質で伯爵家にも敬意を抱いている。加えて一本気なところもあり、このような手練手管《てれんてくだ》を弄《ろう》するタイプではない——それが伯爵の見立てだった。

また、将来有望な冒険者と評判が高いハイロードの情報も一通り集めていたが、腕は立つが思考的には一冒険者に過ぎず、ここまでの考えには至らないように彼には思えた。

すると……やはりこの絵図を描いたのは例のゴブリンスレイヤーか？　たしかライホーとかいったかな。

そう結論付けた彼は、口の端を吊《つ》り上げて呟く。

後日、謁見の場で会うのを楽しみにしておくとしよう——と。


そのころ、ギルドでは百人ほどの冒険者とギルド職員が酒を酌《く》み交わしていた。

——ここまで景気のいい話もここ最近なかったよな？

——なんせお貴族様秘蔵のお宝だぜ！

——見ろよ、ハイロードの連中。イギーの盾とモーリーの鎚矛《つちほこ》、それにアケフの鎧《よろい》だろ？　見つけたってのは。

――ミスリル混の得物にワイバーンの鎧か……俺もいつか手に入れたいねぇ！

――なんでも魔核も大量にあったようだが、全部伯爵様に献上するそうだぜ。

――ギルドに売らずにかよ？

――あぁ、ギルドに無償で提供して、ギルド経由で伯爵様の手元に行くそうだ。ギルマスの奴、ギルドの手柄にもなるって喜んでたぜ。

――ほかにもお宝にありついたんだろ？

――それでこうして俺達にもお裾分け……ってか？　ありがたいねぇ。

――ところでほかのお宝ってのはなんだったんだよ？

――なんでもハイロードの連中が使わない武具が数点とそこそこの量の金貨ってな話だぜ。

――武具のほうはそのうち武具屋にでも流れるんだろう？　ミスリル混の剣とか……あるといいなぁ。

――アホゥ！　あったとしても、おめぇが買える金額じゃねーよ！

――ははっ、ちげーねー。

「なんだか若干情報が錯綜《さくそう》しているみたいだけれど、あれでいいのかい？」

「計画どおり……」

モーリーの問いかけに、俺は死神のノートを拾った某大量殺人犯も真っ青の悪人面《づら》で呟く。

「まったくもう、ライホーって悪い奴だったんだねぇ。魔核の献上で伯爵を牽制《けんせい》した上に、ギルマスを抱き込んでの情報操作だなんて……そんな悪党にアタシのイヨはやれないよ！」

「なっ、なに言ってるのよ？　キコ！」

それなりに酔いが回っているキコがイヨを抱きしめる。その横からアケフが声を潜めて口を出す。

「でも、さすがにあの量の金塊は公にしないほうがいいでしょう？」

「まぁね。数日中にはギルドのほうで白金貨に替えてくれるってことだから、皆にはそのあとで分配するよ。アケフも使い道を考えておきな」

「僕は防具とかを新調したら、残りはお師匠にあげちゃいますから」

「えっ!?　いや……まぁ、使い方はそれぞれだけどさぁ」

うんうん、アケフはいい子に育ったなぁ。腹黒い俺とは雲泥の差だよ。

うん？　俺の取り分はお師匠にあげないのかって？　そりゃそーだ。なんたって俺はお師匠に月謝として金貨一枚も払っていたんだぜ？　お師匠の道場は各々の懐具合によって月謝額が異なり、俺はその中で最高額の支払いを求められていたのだ。

アケフの月謝なんて俺の百分の一の銅貨一枚だったんだし、お師匠が王家から下賜されたっていうミスリル混の名剣まで貰《もら》っているんだ。そんなアケフと俺を単純に比較しちゃなんねーだろ？

アケフのほうもそこいら辺の恩返しのつもりなんだろうしさ。まぁ、あのお師匠が素直に受け取るかどうかは別の話だけれど……。

ぼんやりとそんなことを考えつつ、俺はグラスを傾ける。

この地方特有のボタニカルによる複雑で癖のあるジンの香りが鼻腔《びくう》を擽《くすぐ》り、高い度数の酒精が胃を灼《や》いていく。

この世界に来て二年半。これまでも何度か死にかけたことはあったけれど、今回もヤバかった。

――が、終わってみれば無事に帰還できただけでなく、莫大《ばくだい》なお宝にもありつけた。こうしてパーティーメンバーと一緒に杯を傾けるってのもイイもんだ。

終わりよければすべてよし！

俺は前世にあったそんな無責任かつ前向きな言葉を思い浮かべると、もう一度グラスを傾ける。

領都コペルニクの夜はこうして更けていった。


翌日、ギルドへと赴いた俺達に、伯爵との謁見の日取りが伝えられた。

ってか、明日なんだってさ。随分とバタバタだな。

基本的にギルドからすべての報告は為《な》されているので、改めて俺達から話すことはなく、伯爵から問われたことにだけ粛々と答えていればいいらしい。

それと箔付けのため、どうせなら謁見前に冒険者ランクを上げておいたほうがいいということで、俺のCランクへの昇格が早々に決まった。

一部のギルド職員からはアケフのDランクへの特別昇格なんて提案まであり、協議の俎上《そじょう》にも載ったそうだが、そこはどれほど才能があっても最低でも十八歳になるまではDランクには昇格させない――とするギルドの方針が堅持されることになり、残念ながら昇格は持ち越しとなった。

まぁ俺と違いアケフなら、Dランクになればすぐにでも Cランクの昇格試験にも受かるだろうから、俺が追いつかれる日もそう遠くなさそうだ。

そうそう、これまで言い忘れていたが、歳《とし》の話が出たついでに。

この世界では新年とともに皆が一つ歳をとる制度になっている。いわゆる数え年というやつだ。

前世では近世以前の東アジアを中心に運用されていたこの制度は、こちらでは全世界共通の制度となっているようだが、とても効率的なので俺は一向に構わない。

……ってか、それがいい。

なんたって前世での俺の誕生日は、なんとあの大震災が発生した日だ。

この気持ちは同日に生まれた日本人にしか分からないだろう。あの未曽有の災害が発生したとき、俺はすでに誕生日を祝うなんて歳ではなかったが、それでもその翌年から俺の誕生日は黙禱《もくとう》と共にあった。

多分、八月十五日生まれの人とかも同じ思いなんだろうが、そっちのほうはすでに約八十年の時が経《た》ち、歴史の一部になりかけている部分もある。俺のほうとはまた違う感覚なのかもしれない。

いずれにしても、誕生日がいつであろうと、日本では四月生まれも翌年の三月生まれも同学年として義務教育を施しているのだから、全員が新年に一つ歳をとる制度で何も問題はないのだ。

さて、どうでもいい前置きが長くなってしまったが、本日の主役はイヨである。

彼女は今日、Bランクに昇格した。

これでアケフと俺が加入する以前からのハイロードのオリジナルメンバーは、全員がBランクになった。もはや押しも押されもせぬBランクパーティーだ。

そしてその昇格に華を添えたのは、コペルニク伯爵領史上最年少Bランク冒険者——という肩書だった。これまでに二十三歳でのBランクは存在したようだが、イヨは二十三歳まであと三か月も残している。

さらに付言すれば、彼女は、派手な手柄を立てにくく昇格には不向きとされる中衛の斥候職である。一般に昇格に向いているのは前衛の戦闘職であり、その戦闘職は概して男性向きである。事実これまでの最年少は戦闘職の男性であったという。

そんな中で彼女は若くから斥候職としての研鑽《けんさん》を積み、数々の実績を挙げ、今回の依頼では隠し階段の入り口を発見するという手柄を挙げた。さらに弓の腕もたしかであるし、能力値においても俺がこれまでにステータス画面を見た冒険者の中で、彼女以上の敏捷《びんしょう》値を持つ者は存在しなかった。

ギルマスの推薦が必要とされるBランクへの昇格に当たり、多くの魔核を伯爵に献上することに繋がった隠し階段の入り口発見は、斥候職の資質として高く評価されたそうだ。もしかするとサーギルあたりが特に推してくれたのかもしれない。

——パーティーメンバーに恵まれたな。

そんな心無いやっかみも聞こえてきたが、あのパーティーで共に戦える者などそうは存在しない。嘘《うそ》だと思うなら何体ものオーガを同時に相手取るようなパーティーで一緒に戦ってみればいい。少しでも気を抜けば一撃必殺のオーガの拳《こぶし》が中衛職はおろか後衛職にまで迫ってくるのだ。前衛職ならまだしも、中衛や後衛にとってそれがいかに恐ろしいことかは、経験者である俺が一番分かっているつもりだ。

いずれにしてもイヨは最年少Bランク冒険者という偉業を成し遂げた。

多分、順当にいけば数年後にはアケフがそれを大幅に更新し、タイトルホルダーはまた男の戦闘職に戻ってしまうだろうが、それでも彼女の偉業が色褪《いろあ》せることはないだろう。

さて。すでに述べたように俺はCランク冒険者になった。

イヨのように俺と同い年でBランクに昇格するようなレアケースは別にしても、二十二歳でのCランクは決して悪くない昇格スピードである。まして冒険者稼業に就いてからたった二年半であることを考えれば、これは快挙と言っても過言ではないだろう。

そんなわけで今晩、パーティーの皆がイヨのBランクと俺のCランク昇格を祝う会を急遽《きゅうきょ》催してくれることになった。

そんな仲間達の気持ちはとても嬉《うれ》しかったのだが、昨晩もギルドで遅くまで呑んでいたし、明日も伯爵との謁見が控えていることもあり、俺は一時間ほどでその宴《うたげ》の席を立つと、残りの時間をウキラと過ごすべく早々に家路へと就いた。

「帰ったよ、ウキラ」

「お帰り、ライホー。Cランクに昇格したんだって？　おめでとー！」

「おぅ、知ってたのか？」

「へへっ、さっきおねーちゃんに聞いちゃった」

チッ、トゥーラの奴。俺の口から直接伝えたかったのに……。

「あっゴメンね、ライホー。やっぱり自分で伝えたかった？」

「あぁ、いいんだ。ウキラが悪いわけじゃないからな」

「でも――だからって、おねーちゃんをイジメないでね？」

ウキラが甘えるように銀色の瞳を潤ませ、上目遣いで見詰めてくる。カ、カワイイ……。

とても四つも年上の未亡人とは思えん。

「今日はパーティーの皆がお祝いしてくれるんじゃなかったの？」

「それもトゥーラに聞いたのか？」

「うん……」

「俺だけ少し早めに切り上げてきたんだ。昨日も遅かったし、明日も分からないからな」

――嬉しい！　と言ってウキラが抱きついてくる。

ウキラから女性特有の甘い香りが漂ってくる。俺の息子――公実《きみざね》じゃないほうが元気になってきた。

俺は抱きついてきたウキラをそのまま強く抱き寄せると、奥の間に連れ込んで押し倒した。

――ちょっ、まだお客さんが…………起き……て……る………。

そう言ってわずかな抵抗を示すウキラだったが、明らかに本気の抵抗ではない。

俺はウキラの服を脱がすのもそこそこに彼女の胸に顔をうずめると、ここ数日間の冒険中に溜《た》め込んでいた精を吐き出したのであった。

翌朝、俺が目覚めると、ウキラはすでに宿泊客のための朝食の準備に取りかかっていた。

昨晩あれほど激しく抱いたにもかかわらず、彼女は疲れひとつ見せずに艶《つや》のある肌で忙《せわ》しなく鳥を捌《さば》いている。

俺のほうはといえば、調子に乗って第三ラウンドまで進んだこともあり、身体は鉛のように重く、普段は使わない筋肉が悲鳴をあげていた。

アレのときにしか使わない筋肉ってあるんだよなぁ……と、朝からお下劣な思考に囚《とら》われていると、鳥肉の香ばしい香りと共にニンニク――無論、こちらの世界でもニンニクと呼ばれているわけではないが、俺の目から見ればまったく同じモノだ――の食欲を誘う香りが漂ってくる。

ウキラが鳥肉を炒め始めたようだ。スープのほうも煮立ったようで、そちらからもいい香りが漂ってくる。

それらの匂いに釣られるかのように一人、また一人と二階の客室から宿泊客が降りてくる。

その中に俺と顔見知りのCランク冒険者がいた。

歳のころは三十手前。頭をスキンヘッドに剃り上げて、ギョロリとした眼に厚い唇。異相ではあるがその見た目に反して愛想はよく、ギルドでは何度か友好的に言葉も交わしている。名はたしかメジハ……だったかな。

目が合うと彼は大きな欠伸《あくび》をひとつしてから俺に話しかけてきた。

「おっ、ライホー。一昨日《おととい》の晩はごっそさん。タダ飯、タダ酒、旨《うま》かったぜ」

「おお、アンタもいたのか？　そりゃ何よりだ」

「そういや昨日、Cランクになったんだって？　まだ若いのに大したもんだ。まぁあれだけの成果を挙げたんだから、当然ちゃ当然だわな」

「あぁ、ありがとよ。お陰さんでな」

そう応じた俺に、彼は生来のギョロ目を細くして厚い唇の片方だけを器用に吊《つ》り上げながら、イヤらしい笑みと共に声を潜めて囁《ささや》く。

「だからって……昨夜《ゆうべ》は頑張りすぎなんじゃねーのか？　こちとらウキラちゃんの艶《なま》めかしい声でしばらく寝られなかったぜ？」

「まったくだ。俺なんてあのあとガマンできずに娼館《しょうかん》まで行っちまったぜ！　ライホーお前、弁償しろよな？」

彼の連れの冒険者が茶々を入れる。

「ハッ！　なに言ってやがる。娼館でイイ思いしたんなら損はしてねーだろ？」

そう応じた俺であったが、たしかに経営者側が客の安眠を妨害しちゃイカン。俺は詫び代わりに二人に数枚の銅貨を握らせて口外無用と言い含めた。

まぁ、なんだ、次からは少し気を付けるとしよう……。

客達全員が朝食を食べ終え、ウキラの仕事も一段落したころ。

食堂の片隅で茶を啜っていた俺は席を立ち、厨房《ちゅうぼう》へと入るとウキラに話しかける。

「ちょっといいか？　ウキラ」

「何？　ライホー」

「実は今回の依頼でスゲェお宝を手に入れたんだ。だからかなり多くの報酬が入る。それで……突然なんだが、この宿を建て直さないか？」

「はいぃ？」

素っ頓狂な声をあげて思わず皿を取り落としそうになったウキラは、何言ってんだ、コイツは？って目で俺を見詰める。

うん、そりゃそうだろう。根無し草の情夫からいきなりそんなこと言われても、信じろというほうが無理がある。しかも昨日Cランクになったばかりの冒険者風情が……である。

「いや、俺もこの宿の雰囲気は好きだし、ウキラの管理も行き届いているから清潔感もある。けれど建物自体はそれなりに古いだろ？　だからさ……」

ウキラの宿屋は元々彼女の亡夫の家が経営していたものらしく、彼女が夫と結ばれたのち夫の両親は病で亡くなり、その夫も数年後には鬼籍に入り、その後はウキラがそのまま宿を引き継いでいたのだ。

この地域では石造りの建物が多く、改修を繰り返しながら長く使うことが一般的だが、彼女の宿は木を多用したウッドハウスを彷彿《ほうふつ》とさせる建物であったため、かなり経年劣化が進んでいた。

「そーゆーことじゃなくて、宿屋を建てるなんてどれだけお金がかかるか分かって言ってるの？　ライホー？」

「よくは知らんが……この規模の宿屋なら白金貨百枚もあればよゆーだろ？」

「金貨百枚って、そんなんじゃ……えっ？　うん？　白金貨!?」

「ああ、金貨じゃない。白金貨百枚だ。多少枚数は増減すると思うが、今日現物を貰うことになっている。信じるのはそれからでも構わないんで考えておいてくれよ」

「いや、でも……ライホーにそんなコトしてもらうわけには……」

ウキラは明らかに動揺している。

これまで俺達は互いに過度な依存をしない関係を築いてきた。今でも俺は宿代を支払っているし、ウキラも俺が宿の食材として狩ってくる獲物には対価を払い続けてきた。

それが一転して宿屋を建て替える資金を工面するというのだ。すぐに信じられない気持ちはよく分かる。

だが――俺はこの世界で多くの人達と知り合ったが、その中でウキラは間違いなく一番大切な存在であり、俺がこの異世界で生きる上での支えになってくれている。

アケフがお師匠に報酬を進呈すると言ったように、俺はウキラにそれをしたかったのだ。

加えて、以前から考えていたことだが、今世の基準で見れば宿の女将としては最高レベルの経営スキルを身につけた彼女にとって、このこぢんまりとした宿の経営だけでは物足りないのではないか——そんな思いもあった。

どうせ俺が死蔵させておくだけの金ならば、ウキラのために使ったほうが面白いことになりそうだ。彼女を次のステージに立たせてみたい——そんなことを思ってしまう俺は、やはりどうしようもなく伯楽《はくらく》で、どうしようもなく育成ゲーマーなんだろう。

「俺は十枚もあればいいんだ。そんなにあっても使い道がないからな。それに建て替えだって半分は自分のためなんだよ。金も入ることだから俺も新築の家に住みたいし、俺達の部屋だってもう少し広くしたい。それにできれば防音性も強化しときたいし……」

「最後の理由はよく分からないけれど、白金貨百枚なんて……ホントにそんなに貰えるの？」

「公にはしていないから——秘密だぜ？　今日は伯爵邸に招かれるから帰りは遅くなるかもしれない。明日にでもまたゆっくり話そうか」

俺はまだ何か言おうとするウキラの薄い唇を己のそれで塞《ふさ》ぎ、十秒ほど彼女の舌を堪能するとゆっくりと離した。

そして呆然《ぼうぜん》と佇《たたず》むウキラに手を振って宿屋をあとにしたのだった。

◆◆◆

俺の今日最初のミッションは、ミスリルの指輪の知力増加と魔力回復の検証をすることである。

武具や宝飾品が能力値に与える影響については、例えば敏捷値であればそれらの重量が原因で低下することは想像に難《かた》くない。

また、ミスリルの指輪の魔力回復効果についても、指輪の魔核に封じられている魔素を使用して行われるのであれば、ある程度理解の範疇《はんちゅう》にある。

しかし人の知力を増加させることについては、前世の常識からは計り知れないものがある。

今日はその辺の因果を実際に検証し、能《あた》う範囲で明らかにしておきたい。

だがここ数日、俺も随分と有名人になってしまったようで、静かな検証環境を整えようとすると結構骨が折れる。そんなときに助かるのがお師匠の道場である。

俺がいつものようにお師匠の道場に赴くと何やら騒がしいことになっている。どうやら思っていたとおりお師匠がゴネているようだ。

「いらぬ！　儂《わし》はお主からそのようなものを貰うために鍛えたわけではないわ！」

やっぱりだ。

アケフから今回の報酬の受け取りを提示されたお師匠が大人げなく喚《わめ》いている。

俺とウキラなら俺自身の精神的な実年齢が五十二歳ということもあるし、ウキラとは男女の関係でもあるので、話を先送りしたり、あるいは物理的に唇を塞いでしまったりといった手管を弄して徐々に外堀を埋めていく手法が取れるが、まだ年若いアケフが頑固なお師匠を説得するのはなかなかに骨の折れることだろう。

「お師匠、俺も一昨日アケフの考えは聞きました。アケフの気持ちですよ。受け取ってやってもらえませんか？」

俺はそう切り出してアケフに援護射撃をすべく話に加わった。

「なんじゃ、お主か」

「なにが、なんじゃ、お主か――ですか？　気配でとっくに気付いていたくせに」

「うっさいわ！　で……お主もアケフの味方なのか？　不肖の弟子ばかりで儂も不幸なことよ」

「まぁ、俺もアケフと同じ気持ちなんで、よく分かるっていうか……」

「ほぅ、お主も儂に報酬を寄越すというのか？」

「んなわけないでしょ！　俺はあんなクソ高い月謝払ってたじゃないですか。その上、報酬までやるわけないでしょ！」

うん？　これ、お師匠のボケだよな？　まさかマジで言っているわけじゃないだろうな？

「いや、お主がアケフと同じ気持ちじゃと言うから……」

「だ・か・ら、自分の大切な人に渡したい……って気持ちが同じだってことですよ！」

「ライホーさんはウキラさんにあげたいんですよね？」

アケフが的確に俺の意を酌んで割り込む。

うん、そーだね。いい歳こいたお師匠よりもアケフ君のほうがよっぽどオトナだね。

「そうだ。俺はウキラに渡すことにした。まだ保留されているがな……」

「ほれみい、そうじゃろうて。いきなりそんな大金寄越されても困るわい」

「まぁ、俺はアケフよりはオトナなんで、正面切って金を渡すなんて言ってませんよ」

「じゃあライホーさんはなんて言ったんです？」

「あぁ、アケフ。これはお前の問題を解決するためにも使える手法だ。俺はウキラの宿屋を建て替えたい……そう言ったんだ」

俺は今朝のウキラとの会話を語る。

「いいですね、それ。じゃあ僕はお師匠のこの道場を建て替えたいです」

「だな。そうすりゃお師匠の気持ちは措《お》くにしても、ほかの弟子達も喜ぶだろうし、お隣さんだってこんなボロ道場よりか新しい道場のほうがいいだろうよ。ご近所さんのためにもどうです？　お師匠」

「喧《やかま》しいわ！　なにがボロ道場じゃ！」

「いや、それは事実でしょ？　俺だって新しい道場のほうが嬉しいですし、それにアケフのためにもなりますよ？」

「……アケフのためとはどういうことじゃ？」

くっく、やっぱお師匠はアケフがウィークポイントだな。可愛《かわい》い我が子のため……って感覚と同じなんだろうさ。

「そりゃ、大恩ある師に新しい道場を……なんてすごい美談じゃないですか。俺のように情婦《じょうふ》を囲うために宿屋を建て直す——なんてのと違って、アケフの名声は確実に高まるってことですよ。ここはアケフとほかの弟子達、そしてこんなボロ道場を迷惑がらずに認めてくれていたご近所さんのためにも、アケフの意を酌んでやってもらえませんか？　お師匠」

「そうですよ、僕のためにお願いします！」

アケフも調子よく話を合わせてお師匠に頭を下げる。

なんだって金を渡す側が頭を下げているんだろう？　俺は少し不思議な気分になったが、この構図に持ち込んでしまえばお師匠もこれ以上は抵抗できまい。

「儂のためではなく……ということなら聞かんでもない。ましてアケフのためともなればな」

ふん、チョロいな。お師匠。

「よかったな、アケフ」

「ありがとうございます、ライホーさん。いつも助かります」

「気にするな。俺だって新しい道場のほうがいい。それに、アケフがお師匠の道場を……ってな話をすれば、俺もウキラを説得しやすい。こっちも助かるぜ」

「ふんっ、狡賢《ずるがしこ》い奴じゃの。お主は」

多少拗《す》ねつつも、アケフの心遣いが嬉しくて頬《ほお》が緩むのを必死で堪《こら》えている――といった感じのお師匠は、おそらく照れ隠しのためだろう。俺にそう毒づいたのであった。

「んじゃ、この話はこれで。お師匠、少しばかり道場を借りますよ」

「今日は人払いは必要か？」

なんだかんだとお師匠は気を回してくれる。

いえ、今日は別に構いませんよ――そう応じた俺は、検証のためボロ道場に入っていった。

さて、検証結果だが。

魔力回復のほうは思ったとおりだった。

おそらく指輪自体に何かしら極小の魔法陣が組み込まれているのだろう。魔力を回復したいと念じて微量の魔力を通すと、それに呼応して魔核中の魔素が魔力に変換されて体内に流入してくる。発動時には本当に微量の魔力を通すだけでいいので、魔力枯渇後であっても自然回復した分で充分に賄える。

で、実際に回復する量だが、魔核の質にもよるがオーガ級の魔核であれば魔力にしておおむね10前後は回復するようだ。しかも魔核を交換すれば改めて回復することも可能であり、これはなかなかに便利な代物だ。今後、オーガ級の魔核は複数個常備しておくべきだろう。

ただ、欠点と言うほどではないのだが、自然回復を待つよりは断然早いものの回復にはそれなりの時間がかかり、戦闘中に行うには少し無理があるといった感じだった。

次に知力増加のほうである。

これは正直驚きだった。指輪を装着した途端、頭脳が明確にクリアになるのを感じたのだ。頭の回転が速くなるとか、集中力が増すといった類の感覚だ。

試しに空間魔法で実験してみたところ、指輪装着前と比較すると異空間への穴が直径にして五㎝は大きくなっていた。なお、理由は言うまでもないが、今日の俺の身体は鉛のように重く疲れ果てていたため、指輪をつけていないときの直径は四十㎝そこそこと、好調時よりも十㎝は短くなっていたのだが……。

あと、こちらのほうも魔核中の魔素を消費しているようで、何かしらの魔法により脳の活性化を図っているものと思われる。もしかするとシナプスの可塑性を活性化する効果でもあるのかもしれない。

ちなみに魔素の消費量自体はわずかのようで、これは後日の検証結果だが、知力増加だけで使用し続けた場合、オーガ級の魔核であれば一か月程度は持続した。

こうして、午前中には検証を終えた俺は、表通りの店でアケフと共に軽食をとったのち、冒険者ギルドへと向かったのであった。


ギルドの食事処で柑橘《かんきつ》類の果汁で香りづけされた水を飲みながらアケフとウダウダやっていると、一人、また一人とパーティーメンバーが集まりだした。

——やぁライホー、昨日は早く帰った割にお疲れのようだね？

そんな会話の入りをしてきたのはキコである。その横でイヨがジト目で俺を見詰めている。

うん？　これ、何かバレてるんか？　いや、仮にバレていても問題ないよな？　俺がウキラとよろしくやってるのはイヨだって承知の上なんだし。ってか、俺はイヨに手を出しているわけじゃないんだから、何も後ろ暗いコトなんてないからな！

そんな心中の動揺を無理矢理抑え込み、まぁちょっとな——と平静を装って返答する。

「宿屋の女将とお楽しみだったんだよね？　メジハさんから聞いたよ」

相も変わらず変なところで空気が読めないモーリーがとんでもない爆弾を投げ込んできやがった。

爆弾なんてこの世界には存在しないのに、そんな兵器を使うなんて本当に酷い奴だ……。

にしてもメジハのヤロウ！　何のために銅貨を握らせたと思ってるんだ？　次に会ったときシメる！　絶対にシメてやる！

そう決意した俺はとりあえず目先の脅威であるモーリーを排除しようと第三形態の戦闘力で威圧したが、突如として俺のすぐ横で最終形態並みの戦闘力を察知した。無論……イヨからである。

俺が動揺を抑えられないでいると、思わぬところから助けの手が差し伸べられた。

「おぅ、お前ら揃《そろ》ってるか？　依頼報酬とお宝を換金した金を用意しといたぜ。キコから言われた枚数で分けておいたから、奥の部屋で各々確認してくれ」

そんなギルマスの言葉でこの修羅場は回避された。いや……別に修羅場になる理由なんてないんだけど？


ほかの冒険者の目につかないよう以前通された別室へ移ると、トゥーラからそれぞれの白金貨が入った革袋を渡される。各々が枚数を確認し、おサイフ魔法持ちの俺とイヨはそれぞれの異空間に、ほかの者は何枚かを抜いて懐に仕舞うと再びトゥーラに白金貨入りの革袋を戻し、ギルドに保管を依頼した。

ギルドでは白金貨以上であれば無償で保管を請け負うサービスを行っており、こうして預けられた資金が以前ウキラが世話になった貸付のタネ銭に回されているのだ。

預かり証を作成するために出ていったトゥーラが戻り、五人分の預かり証をギルマスに渡す。彼は内容を確認してから各々にそれを渡し終えると、少し硬めの口調に切り替えて俺達に告げる。

「んじゃ、お前らいいか？　そろそろ謁見に向かうぞ。分かっているだろうが、伯爵様に失礼のないようにな」


伯爵邸ではコペルニク伯爵が俺達の到着を待っていた。

無論、実際に待っていたとしても、謁見時には俺達が跪《ひざまず》いて待つ部屋に伯爵が漸《ようよ》うと入ってくる形式になるが……。

「お主がキコか。ハイロードのリーダーであるな？」

――ははっ！

緊張した面持ちでキコが応じる。

「此度《こたび》は当家からの依頼の遂行、ご苦労であった。また、魔核の献上も大変喜ばしく思う。感謝するぞ」

伯爵はそう切り出して皆を見渡す。

「おおむねギルドより報告を受けておる――が、よう隠し部屋を見つけ出したものよ。我らがご先祖ですら見つけられなかったものを……」

「我がパーティーには優れた斥候がおりますので……」

キコの答えに伯爵が応じる。

「たしか、イヨ――と申したか？　我が領内では最年少でBランクになったと聞き及んでおるぞ。隠し扉を見つけたその功績――ということだが、一体どのように察知したのだ？」

「風の流れを感じました。ですが、私は隠し扉を見つけたに過ぎません。こちらのライホーが隠し階段があるはずだ……そう教えてくれましたので」

「ほう、ライホーとは其方《そのほう》か」

コペルニク伯爵はごく自然に俺へと話を振ってくるが、これは彼が複数想定していたであろう俺に会話を振るためのルートの一つだろう。

「左様にございまする」

「お主は何故《なにゆえ》、隠し階段の存在が分かったのだ？」

「私《わたくし》めはほかの者よりも気配を察知する力が高いようです。此度は壁越しに奇妙な雰囲気を感じた故、リーダーのキコに献言した次第です」

「なるほどのう、大したものよ。なんでもあの古城のフロア全域を察知できると聞いたが？」

その情報が伯爵に流れているのは想定内である。ギルドとしてもその力を隠したまま俺達の偉業を説明できまい。無論、俺にとっても隠すほどのコトではない。

「幸甚にもそのような力を授かりました」

「それほどの力、我の護衛であっても能わぬぞ。どうだ？　この際、我に仕えて身辺を守ってはもらえぬか？」

「これはご冗談を。私めは一介の冒険者に過ぎませぬ。私に伯爵様への尊崇の念がない……とは申しませぬが、身辺を守る者には何よりも揺るがぬ忠義と同時に、伯爵様からその者への全幅の信頼も必要かと。恐れながら伯爵様におかれましては、私めにそこまでの信を置いていただいていると は思えませぬ。何卒《なにとぞ》そのように無体な話はご寛恕《かんじょ》願えますれば……」

伯爵からの引き抜きを恐れたパーティーメンバーの視線を感じつつ俺がそう応じると、うまいこと申すものよ――そう言葉を継いだ伯爵は、攻め口を変えることにしたようだ。

「ところで此度の魔核の納入はお主の発案か？」

「仰《おっしゃ》っておられる意味を掴《つか》みかねまする。あれはパーティーの総意とギルドの考えが一致したもの――斯様《かよう》に愚考いたしまする」

「ふっ、言葉遣いも含め、平民の受け答えではないのう。お主、数年前に我が領に現れたようだが、そもそもの出自は？」

「しがない流れの冒険者に過ぎませぬ」

「ほう、しがない……のう？　強《あなが》ち虚言でもなかろうが、そのような者がワイバーンの革鎧を着込んでか？」

――チッ、そこを突いてくるか。これもギルドから流れた情報だな。多分。

「申し訳ありませぬ。これ以上は平にご容赦を……」

「明かす気はない……か」

異世界からやってきたオッサンです……なんて言っても信じてくれないだろ？　どうせ。

「まぁよい、掴みどころのない奴よ」

伯爵への謁見はそれで終わった。


「お主はどう見る？」

伯爵は執事長に訊《たず》ねる。

「消去法に過ぎませぬが、此度の魔核納入までの一連の流れはあのライホーという者の絵図ではないかと。一介の冒険者とは思えぬ手管でございますな」

「そうか……お主も同じ見立てか」

「されど下手につついて敵に回すには惜しい人物かと。伯爵家に対しても害意はないようですので、我が領の冒険者としてうまく使うべきでは？」

「で……あろうな。できれば配下にしておきたかったが……」

「くっくっく……攻撃の的だったねぇ？　ライホー、ご苦労さん。お陰でアタシらは楽ができたよ」

「チッ、なんだって俺だけ……」

「引き抜きをかけられたときは少し心配したけどね」

「今回は隠し部屋を発見したんだ。斥候職に質問が集中するのは当然だよ。キコみたいな前衛やボクみたいな後衛はお呼びじゃないさ。まっ、そんな話はどーでもいいから今晩も楽しく飲み明かそうよ！」

モーリーがそんな感じで話を総括すると、

「今晩は遅くまでいられるんでしょう、ライホー？」

そう囁いてイヨが腕を絡めてくる。

ウキラとは異なる甘酸っぱい香りがふわりと漂い、思わず頭がクラリとなる。

――そろそろガマンも限界だよなぁ。死ぬかもしれないけど、もう抱いちゃおうかなぁ？　イヨのコト。

俺はそんな悶々《もんもん》とした気分を抱えつつ、パーティーメンバーと共に街へと繰り出したのであった。

◆◆◆

激しい喉の渇きを覚えて夜半に目覚めると、俺はイヨの部屋にいた……なんてことはなく、俺の横ではウキラが静かな寝息を立てていた。

ちょっとホッとしつつも残念な俺がいる。

結局、昨晩もイヨを抱くことはなかった。それほどあのポンコツ神の言葉《呪い》は恐ろしいのだ。

しかし昨晩のイヨの攻勢は激しく、隙《すき》あらばと俺を落としにかかってきた。胸元が広く開いた衣服からは、彼女が屈《かが》むたびにその平坦《へいたん》な胸部をガッツリと覗《のぞ》くことができた。俺の横に座った彼女は明らかに俺に見せつけていたのだ。

——あぁ、薄暗い胸元の奥にわずかな膨らみと桜色のポッチが見える……ってか、なぜ平坦をウリにしているんだよ？　俺が平坦好きだとでも思っているのか？

俺は酔いが回る頭でそんなことを考えていた。

それにしても……だ。たとえ二股であっても、抱くなら抱く、抱かないなら抱かない。そろそろイヨとはけじめをつけなくてはならない。そうでないと彼女はいつまでも無駄な時間を浪費するだけだ。

だが、死の危険と美貌エルフのカラダとを秤《はかり》にかけ、俺はいまだに決めきれずにいる。死の危険を冒してでも……エルフ種とはそれほど男のロマンを掻《か》き立てる存在であり、その中でもとりわけイヨは魅惑的な存在なのだ。

ふぅ……と、まだ酒気が残る息を吐き出した俺は、生活魔法で口内を潤す。そして頭を振って脳内からイヨの姿を掻き消したのち、改めてウキラを見詰める。

窓から差し込む月明かり。それを映して彼女の銀色の髪が淡く輝いていた。

俺は絹糸のようなそれを優しく撫《な》ぜる。

「ライホー……どうしたの？」

ウキラが目を覚ました。

「悪いな。起こしたか」

「ううん、いいの……」

そう言って彼女は俺に抱きつくと、俺の背に手を回す。

彼女の首筋からは甘い香りが立ち昇り、俺の鼻腔を擽った。

俺はウキラの唇を己のそれで塞ぐ。すると彼女は背に回した手に力を籠《こ》めた。

ついさっきまでイヨのことを考えていたにもかかわらず、我ながら節操のないコトで……とは思いつつも、俺は彼女の細い腰に手を回し、強く抱き寄せたのであった。

巻末資料

初期
キャラクターデザイン
&ステータス

名前	ライホー(Cランク、魔法戦士、器用貧乏、サイコパス系?)
種族	人属
性別	男
年齢	22
魔法	生活魔法 空間魔法 重力魔法

	【登場時】	【古城戦後】
体力	8	8
魔力	10	11
筋力	8	9
敏捷	8	9
知力	11	12
合計	45	49

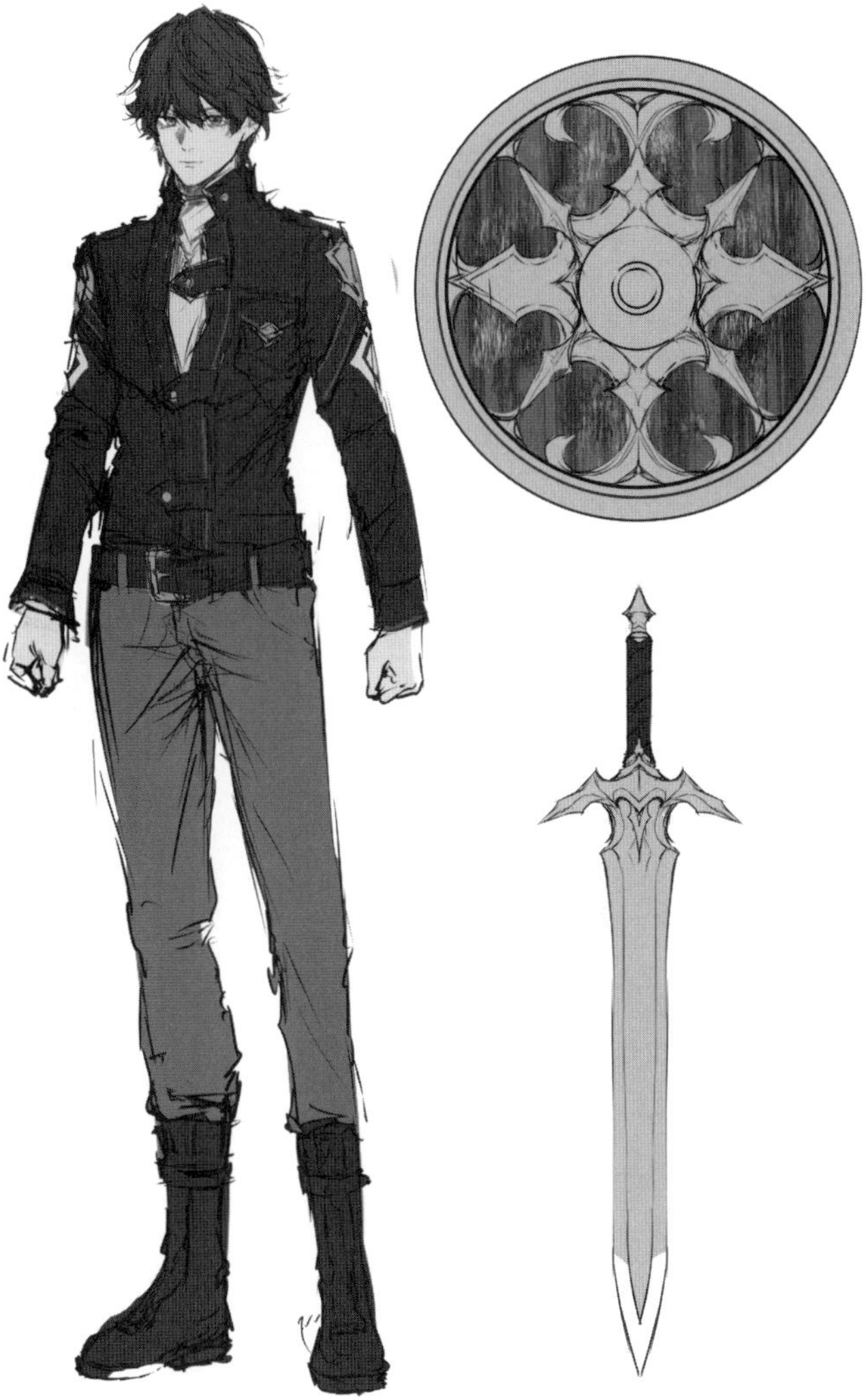

名前	イヨ(Bランク(最年少)、弓士、超絶美貌、平坦(確認済))
種族	亜人属 エルフ種
性別	女
年齢	22
魔法	生活魔法 空間魔法

	【登場時】	【古城戦後】
体力	8	8
魔力	6	7
筋力	9	9
敏捷	14	14
知力	8	9
合計	45	47

名前	アケフ（Eランク、剣士、チート野郎、善良）
種族	人属
性別	男
年齢	17
魔法	生活魔法 土魔法

	【登場時】	【古城戦後】
体力	8	10
魔力	7	8
筋力	9	11
敏捷	9	12
知力	7	8
合計	40	49

MFブックス

元《もと》オッサン、チープな魔法《まほう》でしぶとく生《い》き残《のこ》る ～大人《おとな》の知恵《ちえ》で異世界《いせかい》を謳歌《おうか》する～ 1

2025年2月25日　初版発行

著者　頼北佳史
発行者　山下直久
発行　株式会社KADOKAWA
〒102-8177　東京都千代田区富士見2-13-3
0570-002-301（ナビダイヤル）
印刷　株式会社広済堂ネクスト
製本　株式会社広済堂ネクスト
ISBN 978-4-04-684145-2 C0093　Printed in JAPAN

企画　株式会社フロンティアワークス
担当編集　前野遼太（株式会社フロンティアワークス）
ブックデザイン　鈴木 勉（BELL'S GRAPHICS）
デザインフォーマット　AFTERGLOW
イラスト　へいろー

本書は、「カクヨム」に掲載された「異世界モノを知らないオッサン、しょっぱい能力の魔法戦士になる」を加筆修正したものです。

この作品はフィクションです。実在の人物・団体・事件・地名・名称等とは一切関係ありません。